二十世纪外国文学大家小藏本

# 蜜月
## Honeymoon

〔英〕凯瑟琳·曼斯菲尔德/著

萧 乾 文洁若 萧 荔/译

人民文学出版社

Katherine Mansfield
Honeymoon and Othor Stories
根据 Vintage Classics 1991 年版译出。

图书在版编目(CIP)数据

蜜月/〔英〕曼斯菲尔德著；萧乾，文洁若，萧荔译.—北京：人民文学出版社，2016
(蜂鸟文丛)
ISBN 978-7-02-011661-4

Ⅰ.①蜜… Ⅱ.①曼…②萧…③文…④萧… Ⅲ.①短篇小说—小说集—英国—现代 Ⅳ.①I561.45

中国版本图书馆 CIP 数据核字(2016)第 109530 号

| | |
|---|---|
| 责任编辑 | 马爱农 |
| 装帧设计 | 刘　静 |
| 责任印制 | 王景林 |
| 出版发行 | 人民文学出版社 |
| 社　　址 | 北京市朝内大街 166 号 |
| 邮政编码 | 100705 |
| 网　　址 | http://www.rw-cn.com |
| 印　　刷 | 北京明恒达印务有限公司 |
| 经　　销 | 全国新华书店等 |
| 字　　数 | 141 千字 |
| 开　　本 | 787 毫米×1092 毫米　1/32 |
| 印　　张 | 10.25 插页 4 |
| 印　　数 | 1—6000 |
| 版　　次 | 2017 年 2 月北京第 1 版 |
| 印　　次 | 2017 年 2 月第 1 次印刷 |
| 书　　号 | 978-7-02-011661-4 |
| 定　　价 | 32.00 元 |

如有印装质量问题，请与本社图书销售中心调换。电话:010-65233595

Hummingbird
CLASSICS
蜂 鸟 文 丛

## 凯瑟琳·曼斯菲尔德（1888—1923）

出生于新西兰，二十世纪杰出的短篇小说作家，以独树一帜的小说叙述艺术，对英语短篇小说做出了卓越的贡献。她的作品突破传统小说形式，开创了一种完全崭新的叙述手法，善于把握人物心理活动的特征，通过不同层次的心态描写揭示人物的内心世界。语言含蓄典雅，留有余韵，令人回味无穷。

本书选收曼斯菲尔德最具代表性的短篇小说佳作，采用萧乾、文洁若等资深译者的优秀译文，全面展示作者的文学价值和艺术魅力。

凯瑟琳·曼斯菲尔德
Katherine Mansfield

# 出版说明

二十世纪,世界文坛流派纷呈,大师辈出。为将百年间的重要外国作家进行梳理,使读者了解其作品,人民文学出版社决定出版"蜂鸟文丛——二十世纪外国文学大家小藏本"系列图书。

以"蜂鸟"命名,意在说明"文丛"中每本书犹如美丽的蜂鸟,身形虽小,羽翼却鲜艳夺目;篇幅虽短,文学价值却不逊鸿篇巨制。在时间乃至个人阅读体验"碎片化"之今日,这一只只迎面而来的"小鸟",定能给读者带来一缕清风,一丝甘甜。

这里既有国内读者耳熟能详的大师,也有曾在世界文坛上留下深刻烙印、在我国译介较少的名家。书中附有作者生平简历和主要作品表。期冀读者能择其所爱,找到相关作品深度阅读。

"丛书"将分辑陆续推出,"蜂鸟"将一只只飞来。愿读者诸君,在外国文学的花海中,与"蜂鸟"相伴,共同采集滋养我们生命的花蜜。

人民文学出版社编辑部<br>二〇一六年一月

# 目　次

| | |
|---|---|
| 男爵 | 1 |
| 男爵夫人的妹妹 | 9 |
| 布莱申马舍太太赴婚礼 | 19 |
| 摇摆 | 31 |
| 娃娃诞生的那一天 | 51 |
| 米丽 | 69 |
| 小妞儿 | 79 |
| 　萧乾:我爱《小妞儿》 | 86 |
| 稚气却很自然 | 89 |
| 起风了 | 125 |
| 春景 | 135 |
| 孟浪的旅行 | 141 |
| 夜阑 | 171 |
| 心理 | 176 |
| 康乃馨 | 190 |

郊区童话 …………………………………… 196

没有脾气的男人 ……………………………… 203

一个已婚男人的自述 ……………………… 228

启示 …………………………………………… 254

航海 …………………………………………… 266

一杯茶 ………………………………………… 281

蜜月 …………………………………………… 296

# 译本序

英国小说一向以长篇为主。二十世纪初,一位以写短篇小说闻名于世的女作家彗星般出现在英国文坛上。在短短十四年(1908—1922)的创作生涯中,她写下了相当数量的短篇小说,大量的文学评论、日记、书信、札记,以及别具一格的诗。她在短篇小说的创作上,做了大胆的探索,有"英语世界的契诃夫"之称,曾经产生过,并且继续产生着深远的影响。她就是凯瑟琳·曼斯菲尔德,即二十世纪二十年代初期我国诗人徐志摩前往访问并写文介绍过的曼殊斐尔。

曼斯菲尔德的曾祖父和曾外祖父都是从英国到澳大利亚去的移民,到了她祖父和外祖父这一辈,又举家迁到新西兰。曼斯菲尔德于一八八八年十月十四日出生在新西兰的惠灵顿,父亲哈罗德·博昌是个商人,一八九八年被任命为新西兰银行董事(后升为行长),并于一九二三年被封为爵士。曼斯菲尔德有两姐一妹,她却对幼弟莱斯利的感情最深。

曼斯菲尔德幼时住在惠灵顿郊区,六岁上小学,同周围的洗衣妇、挤奶工人、汽车司机的孩子一道接受义务教育。这样,尽管出身富户,她从小就接触到社会底层。

曼斯菲尔德天资聪颖,九岁入惠灵顿女子学院时,就在校刊上发表了生平第一篇小说,并已显示出写作才能。一八九八年全家搬入惠灵顿的一座面临港湾的白色大厦,同聚集在附近的工人窝棚形成鲜明的对照,这种贫富悬殊使曼斯菲尔德深感愤愤不平。

一九〇三年初春,曼斯菲尔德和两个姐姐一道去了英国。曼斯菲尔德进了牛津大学皇后学院,专攻英国文学,兼学法文和德文,同时迷上了大提琴。有个时期,她曾为以音乐还是文学为业而犹豫不决。

一九〇六年十月,三姐妹又一同回到新西兰。次年末,曼斯菲尔德随一支探险队赴新西兰腹地考察,途中做了详细的札记,对故乡的风土人情加深了认识。当时,澳大利亚和新西兰的几家报刊曾陆续刊登她的小说。为了纪念外祖母,她开始改用外祖母娘家的姓——曼斯菲尔德。一九〇八年七月,她终于使父亲相信她有能力成为职业作家,遂返回伦敦,从此开始了坎坷的写作生涯。

一个年轻貌美的单身女子,独自在那样一个花花世界生活,必然要经受种种考验。比她大十一岁的音乐教师包顿热烈地追求她,他们结识数周后即举行婚礼。但当天傍晚,她就不辞而别,去追随自己最初的恋人——她十三岁时在新西兰结识的一名小提琴手。怀孕后,她客居比利时和德国,尝到了流产的痛苦,健康受到了严重损害,一九一〇年初回到伦敦。生活中的挫折反而换得了艺术上的升华,一九一一年她的第一部短篇小说集《在德国公寓里》问世。

这一年,她结识了《节奏》杂志的主编约翰·密德尔顿·穆雷,并产生了爱情。但是直到一九一八年,曼斯菲尔德的第一个丈夫提出离婚后,两个人才得以正式成为夫妻。

不幸的是,一九一七年她的艺术技巧正臻于成熟时,她却患上了肺结核。倘若她肯接受大夫的劝告,立即停止写作,进疗养院,本来还能多活几年。然而那正是她的创作欲最为旺盛之时,她片刻也不肯休息。此外,在气候温暖、阳光充足的新西兰长大的曼斯菲尔德,始终也未能适应英伦那阴霾寒冷的冬季。像候鸟一样,她每年都要到欧洲大陆去避寒。在漂泊中,她从死神手里夺取时间,写下了《在海湾》《园会》《一杯茶》《苍蝇》等众多优秀作品。

第一次世界大战对欧洲文明是一次巨大打击,曾使许多知识分子感到幻灭。一九一五年,曼斯菲尔德的弟弟莱斯利在赴前线途中来看她,姐弟俩畅叙旧事。可是一个月后,在法国举行的一次军事演习中,他便丧生了。曼斯菲尔德在悲痛之余,感到有责任把在新西兰和弟弟一道度过的童年,用文字形式再现出来。这就是一九一八年问世的《序曲》。此书在排印期间,排字工人看到原稿后就不禁嚷道:"天哪,这些娃娃是真的哩!"尽管当时曼斯菲尔德的作品尚未引起评论界的注意,但她得知此事后,却深受鼓舞,因为她更重视普通读者对她的赞赏。《幸福集》(1921)问世后,她又收到许多读者淳朴诚挚的来信,从此,她在创作上更加苦心孤诣地探索尝试。《园会集》(1922)的出版奠定了她作为英国最杰出的短篇小说家的地位。

曼斯菲尔德曾与穆雷和作家戴·赫·劳伦斯合办文艺刊物《签名》。她和同时代的女作家弗吉尼亚·吴尔夫、哲学家伯特兰·罗素交往密切。弗吉尼亚的名作《达洛威夫人》(1925)就是在曼斯菲尔德的《园会》的影响下写成的。劳伦斯曾把她比作狄更斯，认为她对事物敏锐的观察、她那妙趣横生的幽默都使人联想到那位十九世纪的英国小说家。劳伦斯的《恋爱中的妇女》(1921)中的人物戈珍就是以曼斯菲尔德为原型的。

曼斯菲尔德短暂的一生，大抵上是在漂泊中度过的。离开自己的出生地新西兰后，她一直客居英国、法国、德国、意大利、瑞士，过着公寓生活。她的作品，有不少是在旅途中所写，或以旅行为题材。这个集子里所收入的《男爵》和《男爵夫人的妹妹》，选译自《在德国公寓里》(1911)，作者以揶揄手法描述了二十世纪初巴伐利亚人趋炎附势的丑态。

第一次世界大战爆发后，英国反德情绪高涨，出版商要乘机再版此书,并答应付给她五百镑。战争不但夺去了她周围的一些年轻朋友的生命,她的胞弟也在战争中丧生。因此,她厌恶战争,坚决反对让自己的作品成为掀起民族仇恨的工具。当时,尽管她身染重症,需要靠稿酬来支付昂贵的医疗费,但她在世时,却从未允许再版此书。《孟浪的旅行》(1915)是根据她在战争期间的实际经历写成的。

《郊区童话》(1917)的背景也是第一次世界大战。那时到处在闹饥荒,一对处于小康状态的夫妇却只顾给自己一家人弄到吃的。结尾富于浪漫主义色彩:孩子同情户外挨饿的娃娃们,化成麻雀,和他们一道展翅飞去了。作者擅长描写儿童心理,精确地掌握了儿童语言。在《小妞儿》(1912)中,作者用清丽、委婉的笔触,将一个幼女的内心活动写得很逼真。女主人公凯瑟娅是个天真烂漫的小女孩。为了送给父亲一件生日礼物,她无意中剪碎了他的重要讲稿。父母却不问她的动机如何,粗暴地惩罚了她,致使一颗稚嫩的心灵受到创伤。凯瑟娅具有作者的特征,其实就是她本人的化身。

## 蜜　月

曼斯菲尔德一些最好的短篇,是以风光明媚的故乡为背景的,这里所选的《航海》就是其中的一篇。

曼斯菲尔德出生后六个月,曾乘船跨过科克海峡,被带到皮克顿镇去探望祖父。幼年时,又去了一次。《航海》的故事情节虽然是虚构的,结尾出现的爷爷,却是以她的祖父阿瑟·博昌为原型而写的。关于此作,她在致友人的书信中曾写道:

> 你对《航海》有这样的感受,是多么奇妙、多么可喜啊。除了密德尔顿·穆雷,谁也不曾向我提起过它。但是当我写那篇小故事的时候,我感到仿佛自己就在那艘船上,走下舷梯,嗅到大餐间的气味。当女茶房走进来说"船上没装多少货,也许有些晃荡"时,我敢相信我坐的沙发也晃起来了。我忽而梳上个像绸子一样光滑的小白篡儿,戴上顶软帽,忽而变成斐内拉,手里攥着柄上雕了只天鹅头颈的雨伞。一切都是那么逼真——极其逼真——尤其是当他们乘的船远去,并听见海浪缓缓地冲上岸的声音。我不明白为什么会这样。那并不是出自实际经验的一段回忆,

我只是着了魔。假若当时风向变了,我也许就会变成那个老奶奶了。而这会害得密德尔顿·穆雷多么尴尬……①

《稚气却很自然》(1914)这个题目取自一七九九年英国诗人柯勒律治(1772—1834)从德国写给他妻子的一封信中所附的同名诗,系模仿一首德国民歌《倘若我是只小鸟》而作,后来公开发表。

《稚气却很自然》中的亨利还不满十八岁,艾德娜才十六岁。小说把他们的青春之恋写得纯洁真挚而又耐人寻味。如果把这篇小说和作者后期的短篇小说《心理》(1918)对照起来看,我们就会发现,作者多么善于刻画不同年龄的人对待恋爱的态度。《心理》的男主人公是个三十一岁的小说家,女主人公是个三十岁的戏剧家。他们涉世已久,阅历较深,认为"热情会毁灭一切",彼此都安详冷静地分析对方的心态,与《稚气却很自然》中那对喜欢幻想、热情奔放的少男少女形成鲜明

---

① 见1922年3月13日致威廉·葛哈狄函,《书信日记集》,第258—259页,《企鹅现代文学丛书》,伦敦,1977年版。

的对照。

一九二三年徐志摩所写的《曼殊斐尔访问记》①在中英文学交往上是一篇十分重要的文章。一个来自东方的诗人,怀着尊崇的心情去探望一个病魔缠身的英国女作家,而半年后,她就与世长辞了。从那篇访问记中,我们还可以看到这位英国女小说家与俄罗斯的契诃夫之间的文学因缘。她殷切地向徐志摩问起中国介绍契诃夫作品的情况。

曼斯菲尔德私淑契诃夫,她与人合译过契诃夫和高尔基的作品。就传统而言,英国文学家一向重视长篇而忽视短篇,重视多幕剧而忽视独幕剧,曼斯菲尔德却呕心沥血地探索短篇小说的写作技巧。在给她丈夫的弟弟理查·穆雷的信中她写道:

> 技巧对写作所起的作用是非常奇妙的。我指的是包括细节在内。例如,在《布里尔小姐》(1920)中,不但每个句子的长短是经

---

① 见徐志摩译《曼殊斐尔小说集》,北新书局,1927 年 4 月版。

过选择的,在音调上我也下了功夫。每个段落的起伏都是为了配合她而精选的,配合的又是当天那个时刻的她。搁笔后,我又大声朗读了好几遍,犹如弹奏乐曲一样,试图让它接近于布里尔小姐的神态情致,直到完全吻合为止。①

曼斯菲尔德的社会圈子比契诃夫狭窄,题材大多局限于她所熟悉的中产阶级家庭生活。她的作品不以情节取胜,立意多在捕捉人物感情瞬息间的变化,抒情气氛浓重,回荡着散文诗的旋律。她善于把握人物心理活动的特征,通过不同层次的心态描写揭示人物的内心世界。语言含蓄典雅,留有余韵,回味无穷。她打破了过去的小说简单地叙述故事的传统,为短篇小说创作开辟了新的途径。她曾说:"我是一架照相机—— 一架自行选景的照相机,而我的选择取决于我对人生的态度。"②

她写的与其说是故事,不如说是意境,于平淡

---

① 见1921年1月17日致理查·穆雷函,《书信日记集》,第213页。
② 见杰弗里·迈耶斯:《凯瑟琳·曼斯菲尔德传》,第261页,伦敦哈米什·汉密尔顿出版社,1980年版。

中见新奇。她的每篇小说都是蘸着心血写成的。由于艺术上的刻苦,她竟缩短了自己的生命。

一九二三年一月九日,曼斯菲尔德客死于巴黎东南枫丹白露镇的阿冯村,时年仅三十四岁。

曼斯菲尔德去世后,她的丈夫密德尔顿·穆雷编辑遗稿,出版了短篇集《鸽巢集》(1923)和《稚气集》(1924)、《诗集》(1927)、《日记》(1927)、《书信》(1928)和《札记》(1939)。她还写过一百五十余篇文学评论,收入《小说与小说家》(1930)。

曼斯菲尔德一生写了八十八篇短篇小说。其中《园会》《娃娃房子》《幸福》《巴克妈妈的一生》《苍蝇》等已有了好几种译本。近年来,天津人民出版社和上海译文出版社先后各出版了《曼斯菲尔德短篇小说选》。现在,为了纪念她的百年诞辰,我们又重新选译了这个集子。这里,除了《小妞儿》《稚气却很自然》《起风了》《夜阑》和《一杯茶》外,其余十六篇在我国都是首次译出。以上五篇是荔子译的,余者系文洁若所译。

文　洁　若
一九八八年一月

# 男　爵

"他是什么人呀?"我说,"为什么总那么孤零零地坐在那儿,还背对着咱们?"

"啊!"奥伯雷吉龙施特拉太太低声说,"他是一位男爵哩。"

她非常郑重地望着我,可是依稀间脸上带着一种"连这也一眼不能看出"的轻蔑神情。

"可是,怪可怜见的,男爵又不是他自己要当的,"我说,"尽管这么倒霉,也不该就让他与世隔绝啊。"

要不是她手里正好拿着叉子,我相信她会在胸前画个十字的。

"你当然不了解。他是头一代男爵之一。"

她被我这番话弄得局促不安,就朝着坐在她左首的博士夫人转过身去。

"我的煎蛋饼①没有馅儿——没馅儿!"她抗议道,"我已经试了第三个啦!"

我望了望那位头一代男爵。他正在吃生菜——用叉子叉起一整片莴苣,像兔子一样慢慢嚼,看着可引人入胜啦。

他身材矮小,黑色须发稀稀疏疏,面色发黄,总是穿着一身黑哗叽衣服,粗亚麻布衬衫,黑便鞋,戴一副我平生所曾见过的最大的黑眼镜。

坐在我对面的奥伯雷勒先生温厚地笑了笑。

"亲爱的太太,能够坐在这儿仔细地看着,你一定感到很有趣儿吧?……当然,这是一家很有身份的公寓。夏天的时候,一位西班牙宫廷里的贵妇人光临过。她害着肝病。我们经常一道聊天。"

我听了很惬意,也感到自己的寒微。

"喏,你在英国住的'公寓'里,总找不到像在德国这样的上流人吧?"

---

① 煎蛋饼有不带馅儿的,也有果酱馅儿或肉馅儿的。

· 蜜 月 ·

"那倒是真的,没有。"我回答说,那位活像一条小黄蚕的男爵简直使我着了迷。

"男爵年年都来,"奥伯雷勒先生继续说下去,"是来休息脑筋的。他从来也没有跟任何住在这里的客人说过话。"他脸上闪过一丝笑意。我似乎能够看到他的幻想在沉寂中妙不可言地达到高峰——在渺茫的未来日子里,同男爵寒暄上两句;为了跟这位大人物攀谈,而丢下正在看着的报纸;听他说一声"谢谢",把这份光彩传给后世子孙。

这当儿,模样像煞德国军官的邮递员送信来了。他把我的几封信往我那份牛奶布丁①里一丢,然后转过身去同女侍交头接耳起来。她匆匆地走掉了。公寓的老板手托一个小托盘进来了,盘子上放的是一张风景明信片。老板毕恭毕敬地弯下身去,把明信片交给了男爵。

我很失望,因为竟然没有鸣放二十五声礼炮。

饭后喝咖啡。我注意到男爵拿了三块角砂糖,两块放进杯子,并从西服胸兜里抽出手绢,用

---

① 布丁是西餐中一种松软的甜糕。

手绢的一角将第三块裹起来。他总是头一个进餐厅,最后一个离开。他还将一只小黑皮包放在旁边的一把空椅子上。

下午,我倚着窗口,瞥见他夹着那个皮包,颤悠悠地沿着街道走去。每逢走过一根街灯杆子,必然往后退缩一下,好像灯杆会向他打过来似的,不然就是他怕这个鄙俗的玩意儿会玷污了他……

我纳闷:他究竟到哪儿去,干吗夹着那个皮包?我从没看见他去过赌场或温泉浴场。他两脚跋着便鞋,显得怪凄凉的。我发觉自己在同情着这位男爵。

那个傍晚,我们这群人聚在大厅里兴高采烈地讨论着"最新消息"。奥伯雷吉龙施特拉太太坐在我身边,正替她的九个闺女当中最小的一个编织披肩哪。那个老闺女已身怀六甲。……"这段姻缘肯定是十分美满的,"她对我说,"我那乖乖嫁了一位银行家——她一辈子盼的就是这个。"

聚在那儿的总有十来个人吧。我们这些已婚的就讲起体己话来了:丈夫穿什么样的内衣啦,性格上有些什么特别的地方啦。而未婚的则在议论着意中人穿什么外衣和具有怎样的特殊魅力。

"我都是亲手编织的,"我听见雷勒太太在大声嚷着,"用灰色粗毛线。还打上两条软领子。他一个月穿一件。"

"后来,"丽莎悄悄地说,"他对我说:'你真让我高兴。我也许会给你妈妈写信。'"

这是个小小的忠告,也难怪我们会有点兴奋激动了。

门蓦地被推开了,男爵到来。

接着,是一片鸦雀无声。

他慢悠悠地走进来,迟疑了一下,然后从钢琴上面的盘子里拈起一根牙签,又踱了出去。

门关上之后,我们才发出胜利的欢呼!他这还是头一回走进客厅来呢。将来,谁敢说会发生什么事!

几天过去了,几个星期过去了,我们依然住在一起。那个小小的孤寂的形影,仿佛是给眼镜的重量压弯了似的低着头,始终使我感到着迷。他夹着皮包进来,又夹着皮包出去——仅此而已。

有一天,公寓老板终于告诉我们说,男爵第二天就要走了。

"哦,"我想道,"他总不能就这么悄悄地消失了——连一句话也不说就失去了踪影。在离去之前,他总得向奥伯雷吉龙施特拉太太或费尔德洛伊特南兹维茨太太打一声招呼吧。"

那天傍晚,大雨滂沱。我刚好在邮局,由于没带伞,我站在台阶上,犹豫着要不要跳到泥泞的马路上开步走。这当儿,好像从我的胳膊肘下传来一个吞吞吐吐的声音。

我低下头去望了望。原来是夹着黑皮包、撑着把伞的第一代男爵。难道我神经错乱了吗?我神志清醒吗?他邀我跟他合用一把伞。我很知趣,怯生生地对他表示了适当的礼貌。我们一道踏泥而行。

喏,两人合打一把伞就有一股特殊的亲热劲儿。

这就像是去替一个男人掸衣服——有点冒失、大胆。

我渴望晓得他为什么总是那么孤零零地坐在那儿,为什么总是夹了那只皮包,他成天都干些什么。然而还是他主动地告诉了我一些情况。

"我担心我的行李会受潮,"他说,"我总是把自己的东西都装在这个皮包里随身带着——一个人要不了多少行李——因为仆人是靠不住的。"

"这个主意很高明。"我回答说。接着就问他道:"您为什么不肯屈尊和我们……"

"我是为了多吃一些才孤零零地坐着的,"男爵朝着薄暮望了望,"我的饭量特大,我总是要双份,消消停停地吃。"

听起来确实是男爵大人的派头。

"那么您整天都干些什么?"

"我在房间里吸收营养。"他回答说,语气之间含有悔不该让我跟他合打一把伞的味道,于是我们的谈话也就此结束了。

当我们回到公寓的时候,几乎引起了一场轰动。

我蹿上半截楼梯,从阶磴上大声向男爵道了谢。

他朗声回答道:"不客气!"

晚上,奥伯雷勒先生非常友好地送了我一束鲜花,奥伯雷吉龙施特拉太太则向我讨一副娃娃帽的样子!

第二天,男爵就走了。

Sic transit gloria German mundi. ①

(1910)

---

① 拉丁文,意思是:德国的浮世荣华转瞬即逝。这原是德国神学家托马斯·阿·肯皮斯(1380—1471)的一句名言,"德国的"一词是曼斯菲尔德加的。

## 男爵夫人的妹妹

"有两位新客人今天下午就到了,"公寓经理边为我在早餐桌前摆了把椅子边说,"今天一早才接到信,通知我这件事。封·加尔男爵夫人要送她的小女儿——怪可怜的,是个哑巴娃娃——到这儿来'治病'。孩子要在这儿待一个月,然后男爵夫人本人也将光临。"

"封·加尔男爵夫人,"博士太太喊道,她正往屋里走,一听这名字就兴致勃勃起来,"要到咱们这儿来了?上星期《运动和沙龙》杂志刚登出她的照片。她是皇室的朋友:我曾听见皇后同她谈话时用'你'相称①。多么可喜呀!我要接受大

---

① 德国人一般用"您"相称,这里表示这位男爵夫人同皇后关系十分亲密。

夫的劝告,再多住六个星期。跟年轻人交往,再愉快不过。"

"这娃娃可是个哑巴。"经理用歉疚的语气怯生生地说。

"呃!那又有什么关系!有病的娃娃一举一动才招人疼爱呢。"

这个惊人的消息像炮弹一样射向每一位走进餐厅的客人:"封·加尔男爵夫人要把她的小女儿送到这儿来啦,男爵夫人本人不出一个月也来。"咖啡和面包立刻带了狂欢的色彩。我们真是精神焕发了。大家啜饮着咖啡,添枝加叶,滔滔不绝地谈论皇亲国戚的逸闻;边大口大口地吃着厚厚地涂了黄油的面包,边以贵族的逸事为话题。

"她们将住在您隔壁的房间里,"经理对我说,"我不知道您肯不肯让我取下您床上边那幅伊丽沙白①皇后的肖像,挂到她们的沙发上方。"

"是呀,添点儿家庭气氛,"奥伯雷吉龙施特拉太太拍了拍我的手说,"而且对你也无关紧要。"

---

① 伊丽沙白(1837—1898)是奥匈帝国皇后。

· 蜜 月 ·

我感到有些沮丧。倒不是由于再也看不到那幅戴了钻石、穿着蓝天鹅绒上衣的肖像了,而是由于她语气间给我扣上外国人的标记,把我从这个圈子里排斥了出去。

我们用有根有据的猜想来消磨这一天的时光。天气太热,午后肯定不宜出去散步,于是就躺在床上,为下午的咖啡而养精蓄锐。一辆马车在门口停住了。一位高个子的年轻女郎走了下来,牵着个孩子的手。她们走进门厅。有人出来迎接并把她们让进备好的房间。十分钟后,她又带着孩子下楼来,在旅馆登记簿上签了名。她穿着一套合身的黑衣服,脖领和袖口上饰有白色褶边。她那褐色头发梳成辫子,扎了个黑蝴蝶结。她的脸色异常苍白,左颊上有颗小小的痣。

"我是封·加尔男爵夫人的妹妹。"她边在吸墨纸上试钢笔,边朝我们微笑着。就连对我们当中最麻木的人,生活有时也会出现激动人心的时刻。不出两个月,居然就有两位男爵夫人大驾光临!经理立即出去找一只新笔尖。

在我这个平民眼中,那个病妞儿太难看了,瞧她那副样子,活像是被人没完没了地连同一只蓝口袋一道洗过的。头发像灰羊毛,身上穿的围裙浆洗得硬邦邦的,她只能隔着褶边看我们——围裙隔成的社会畛域!也许不该指望高贵血统的姨妈像婢女一样去擦洗她外甥女儿的耳朵。但是在我看来,天下再也没有比一位哑巴外甥女儿的脏耳朵更令人败兴的了。

在餐桌上她们被让入首座。刹那间,我们都以茫然的神情面面相觑。接着,奥伯雷吉龙施特拉太太说:

"我希望您一路上没累着。"

"没有。"男爵夫人的妹妹望着杯子笑吟吟地说。

"我希望这个可爱的孩子没累着。"博士太太说。

"一点儿也没有。"

"我希望并且相信您今晚一定能睡个好觉。"奥伯雷吉龙施特拉太太毕恭毕敬地说。

"会的。"

从慕尼黑来的那位诗人总直瞪瞪地盯着,他颇为深情地凝望着她们,大半杯咖啡都给领带吸掉了。

我思忖道：奔放的诗情。他笔下的《孤独颂》咏的必然是死亡的痉挛。那位年轻女子很可能激起他的灵感，他自然会把这献给她的。从那个时刻起，他那忧郁的气质找到了温床，开始活动了。

饭后，她们回屋休息去了，我们就闲聊起她们来。

"两人长得很像，"博士太太若有所思地说，"十分像。她举止多么端庄，多么娴雅，对孩子多么温柔。"

"可惜她得照看那个孩子！"从波恩来的那个学生嚷道。他一向靠三块伤疤和一条勋表①来吸引人们的注意。可是要打动一位男爵夫人的妹妹，那就不够了。

一连多少天，大伙儿全神贯注在这位妹妹身上。倘若她不是生得这么俊俏，由于她而引起的喋喋不休的议论，为她唱的赞歌，以及关于她的举止所做的详尽描述，就会使我们感到不耐烦了。但是她谦和地容忍了我们的顶礼膜拜，我们也自是十分心满意足。

---

① 勋表是军服左上方所佩颜色鲜明的饰条，用以代表勋章。

她把诗人当作心腹。大家外出散步的时候,他替她捧着书本。他让那个病妞儿在他膝上跳跳蹦蹦——这是对诗人的特许①。一天早晨,他把笔记簿带到大厅来,朗诵给我们听。

"男爵夫人的妹妹告诉我,她已经决定入修道院了。"他说,(这话使得波恩来的那位学生立刻直起了身子。)"昨天晚上,在甜馨的空气中,我凭窗写了这几行诗……"

"哦,你那颗体贴入微的心啊。"博士太太说。他冷冷地盯着她,弄得她飞红了脸。

"我写了这么几行:

> 你那么年轻鲜艳妍丽,
> 却向修道院飞去,
> 春天像田野间的雌鹿,
> 你的美就开放在那里。"

在底下同样可爱的九节诗里,诗人怂恿男爵夫人的妹妹这种过火的举动。我敢说,倘若她真的接受了他的劝告,她将在修道院里所度的余生

---

① 这是双关语。诗人的特许原指为了便于押韵,诗人可以在语法或缀音上做些变通。此处含有讽刺意味。

也不够她歇过气来的。

"我已经将一份诗稿呈送给她了,"他说,"今天我们到树林子里采野花去。"

波恩来的学生起身离开了屋子。我央求诗人把他的大作再朗诵一遍。第六节结束时,我隔窗瞥见男爵夫人的妹妹和那位有伤疤的小伙子穿出大门消失了。这就使我得以殷勤地向诗人道了谢忱,于是他慨然答应替我另抄一份。

但是那阵子我们受到的压力太大了。从一家寒碜的公寓一下子升为华丽的府邸,怎能不裁下来呢?后半晌,博士太太到写字间来找我,对我说了些体己话。

"她把她的身世一股脑儿全告诉了我,"博士太太悄悄地说,"她来到我的卧室,要为我按摩胳膊。你知道,风湿症把我折磨得够受。喏,你想想看,已经有六个人向她求过婚啦。桩桩条件都那么好,我真的哭了——个个又都是贵胄出身。亲爱的,最好的一桩是在树林里求的。我倒不认为不应该在客厅里求婚——四面有墙更成体统些——可这是座私人的树林。那位年轻军官说,她就像一株幼树,还不曾给男人粗劣的手触摸过。

多么娇嫩呀!"她叹了口气,两眼往上翻着。

"你们英国人总是在板球场上裸露着双腿,并在后院养狗。你们当然是难以理解这一点的。真可惜!年轻人应该像野玫瑰一样。至于我,简直搞不清你们的妇女究竟是怎么出嫁的。"

她使劲这么一摇头,弄得我也摇起头来,心头笼罩起一片愁绪。看来我们的情况确实糟透了。难道爱情的精灵只在德国贵族上空展开它那玫瑰色的翅膀吗?

我进了自己的房间,扎上一块桃红色头巾,拿着一本莫里克①的抒情诗到花园里去。凉亭后面长着一大丛紫丁香,我在那儿坐下来。博士太太刚才委婉地向我暗示,我该穿件半丧服。我从她的话里找到了悲哀的含义。我自己也开始写起诗来:

> 他们不断地摇摆,感伤得忘魂,
> 我们紧紧拥抱,在那里接吻。

写完啦!"紧紧拥抱"②一点儿也不吸引人,

---

① 莫里克(1804—1875),德国诗人。
② 原文作"close pressed",语意双关,从而引起联想。"press"一字也有把衣服熨平意。

发出一股衣柜气味。难道我的野玫瑰已经拖曳在尘土里了吗？我嚼着一片叶子，两手抱着膝盖。这时，像变戏法儿似的，刹那间我听见凉亭里有人在说话——那是男爵夫人的妹妹和从波恩来的学生。

间接听到也比没听到强，我竖起了耳朵。

"你的手多么小啊，"波恩来的学生说，"它们就像一对白百合花，躺在你这黑衣服的池子里。"这话听起来的确一点儿不假。使我感兴趣的倒是那位贵族小姐的反应——她仅仅表示同感地咕哝了一声。

"我可以握一下吗？"

我听到了两声叹息——谅必他们的手已经握在一起了——他扰乱了高贵胸膛里的那片黑魆魆的水。

"瞧，跟你的手指摆在一起，我的手指多么粗大呀。"

"但你的手指保养得很好看。"男爵夫人的妹妹腼腆地说。

好个轻佻女子！难道谈情说爱就得看指甲修剪得如何吗？

"我多么渴望能吻你啊，"学生喃喃地说，"但是你知道,我正害着严重的鼻黏膜炎,我怕会传染给你。我数过,昨天夜里我打了十六个喷嚏,换了三块手绢。"

我把莫里克丢进丁香花丛,径直回公寓去了。大门外边,一辆大汽车喷着气。大厅里面,一片骚动。男爵夫人出其不意地探望她的小闺女来了。她身穿淡黄色防水外衣,伫立在大厅中央,盘问着经理。公寓里所有的宾客都簇拥在她周围,连博士太太也假装查看一张时间表,尽量凑近那威风凛凛的下摆。

"我的女仆呢?"男爵夫人质问道。

"您的女仆没有来,"经理回答说,"只有尊妹和令爱来了。"

"尊妹!"她尖声喊道,"胡扯,我没有妹妹。我的孩子是跟我的裁缝的女儿一道来的。"

这可真是壮哉!妙哉![①]

(1910)

---

[①] 原文作"Tableau grandissimo!"意思是"壮观的场面"。"Tableau"是法语,意思是"画";"grandissimo"是意大利语,意思是"最大"。

# 布莱申马舍太太赴婚礼

穿戴可是件令人挠头的事。晚饭后,布莱申马舍太太打发五个娃娃当中的四个睡下,却让萝莎留下来,帮助擦亮布莱申马舍先生制服上的纽扣。随后,她用热熨斗将他那件最讲究的衬衫熨平,刷了刷他的靴子,还在他那条黑缎领带上缝了一两针。

"萝莎,"她说,"把我的衣服拿来,挂在炉子前面,好去掉褶子。记住,你要照顾好弟弟妹妹。八点半钟就得睡。不许乱摸那灯——那可不是闹着玩儿的。"

"好的,妈妈。"萝莎说。她刚九岁,就觉得自己已经老成得足以对付一千盏灯了。"可是让我等你们回来再睡吧——'巴布'也许会醒过来,要点牛奶喝。"

"八点半!"太太说,"我也要叫你爸爸关照你一声。"

萝莎撇了撇嘴。

"可是……可是……"

"爸爸来啦。你到卧室去,把我的蓝绸手绢拿来。我不在家的时候,你可以围我的黑披肩——拿去吧!"

萝莎从她妈妈肩上拽下那条披肩,仔细围在自己肩上,将两端在背后打个结。她思忖道:反正我要是八点半就得上床的话,我就围着披肩睡。这个决定给了她莫大的安慰。

"喏,我的衣服在哪儿呢?"布莱申马舍先生嚷道,他边把空信囊挂在门后,边跺着靴子上的雪,"当然,什么都没准备好呢,可大家这会子都参加婚礼去了。我路过的时候,还听见了奏乐的声音。你干吗呢?你还没换衣服,可不能就这么去呀!"

"在这儿哪——都给你摆好在桌上啦。马口铁盆里还有点温水,把头扎进去。萝莎,递给你爸爸手巾。除了裤子,都准备停当了。我一直抽不出空儿来把它缩短。一路上,你得把裤脚掖在靴筒里。"

"喏,"先生说,"简直转不开身。你到走廊里去换衣服吧,我需要灯光。"

对布莱申马舍太太来说,摸着黑穿衣服是家常便饭。她把裙子和胸衣的钩子都钩好,脖子上系起围巾,再别上一枚漂亮的饰针——那是由四颗勋章组成的,下面垂挂着圣母马利亚像。随后穿好大衣,拉上兜帽。

"喂,来替我扣上这个扣子。"布莱申马舍先生喊道。他气喘吁吁地站在厨房里,蓝制服上的纽扣散发出公务员纽扣的独特亮光。"瞧瞧我,怎么样?"

"帅得很。"小个子的太太说。她替他把腰带勒紧、钩好,东拽一下,西扯一下。"萝莎,来瞧瞧你爸爸。"

布莱申马舍先生跨着大步在厨房里踱来踱去,在太太的帮助下穿起大衣,然后等着太太点灯。

"好的——终于完啦!走吧。"

"当心灯,萝莎。"太太提醒道,随手带上了大门。

雪并没有整天下个不停,上了冻的路面像冰池一样滑溜。她已经好几个星期没走出房门了,这一天她又过于紧张,以致感到昏头昏脑——恍惚间好像萝莎把她推出了屋子,而丈夫要逃开她似的。

"等一等,等一等!"她叫嚷着。

"不,我会把脚弄湿了的——你快点嘛。"

进了村庄后,就好走一些了。有篱笆可扶,而且为了照顾嘉宾,从火车站到加斯陶斯家,已经用煤渣铺起了一条小径。

加斯陶斯家洋溢着喜庆气氛。每扇窗户都灯火辉煌,壁架上挂着枞枝编成的环,敞着的大门用树枝装饰起来,东道主在大厅里盛气凌人地朝女侍们嚷嚷,要着威风。她们端着一杯杯啤酒,一托盘一托盘的杯碟,一瓶瓶葡萄酒,脚不停步地跑来跑去。

"上楼,上楼!"东道主嚷道,"把你们的大衣撂在楼梯口那儿。"

布莱申马舍先生完全被这大气派唬住了,竟

忘记了做丈夫的权利:当他竭力抢在所有的人头里上楼而硬把老婆往扶手上推挤时,居然道了一声歉。

布莱申马舍先生一走进举行婚礼的大厅的门,同事们便喝彩相迎。他太太把饰针扶扶正,十指交叉,摆出邮递员的妻子和五个娃娃的妈妈所应有的款儿。大厅可真漂亮,三张书桌拼在地板的一头,这样就腾出了供跳舞的地方。四面的墙壁都装饰着纸花和花环,从顶棚垂下来的一盏盏油灯,将柔和明亮的光洒在墙上,还把更柔和更明亮的光投射到身穿礼服的宾客那红红的脸上。

新娘新郎坐在当中那张桌子的首位。新娘穿的是镶着彩色缎带和蝴蝶结的白衫,看上去像是个刚从冰箱里拿出来的蛋糕,就等着被利利索索地切成一小块一小块的,以供她身旁的新郎享用。新郎穿着过于肥大的白西服,系一条白绢领结,半截都翘到他的领子上去了。双方的父母亲戚按照各自的身份地位,井然有序地围着他们而坐。一个小妞儿端坐在新娘右首的凳子上,她身穿皱皱巴巴的平纹布衣服,一只耳朵上垂着勿忘草编成的花环。人人都在说说笑笑,相互握手,碰杯,跺着地板——空气里充满了啤酒和汗水混成的气味。

布莱申马舍太太跟在她的男人后面向那对新婚夫妇和他们的亲属道喜之后,就向大厅下首走去。她知道自己会尽情地享受一番。她一闻见喜庆日这种熟悉的气味,就精神焕发、脸颊红润、浑身暖和起来。有人拽了拽她的裙子,低头一看,原来是屠夫的老婆鲁普太太。她拖出一把空椅,央求布莱申马舍太太陪着自己坐一会儿。

"弗里茨会给你弄点啤酒来的,"她说,"亲爱的,你裙子后面的钩子都开啦。当你往上首走去的时候,露出一条白棉纱衬裙,我们禁不住笑了起来!"

"真可怕!"布莱申马舍太太边说边咬着嘴唇,倒在椅子上。

"喏,现在已经过去了。"鲁普太太说。她把一双胖胖的手伸到桌上,用极大的兴味欣赏着那三枚纪念死者的戒指。"尤其在婚礼上,可得小心哪。"

"又是这样的一次婚礼,"坐在布莱申马舍太太另一边的拉德曼太太大声说,"想想看,德丽萨还拖着油瓶哪。亲爱的,你要知道,那是她亲生的娃娃哩,而且将和他们住在一起。依我说,让一个私生女去参加她妈妈的婚礼,简直就是对教堂的亵渎。"

三位妇女坐在那里定睛望着新娘。新娘一动也不动地坐着,唇边泛着一丝空洞的笑意,只是眼睛不安地晃来晃去。

"他们还给娃娃喝啤酒来着,"鲁普太太悄悄地说,"又给她加了冰的白酒。娃娃一点胃口也没有。本该把娃娃留在家里。"

布莱申马舍太太掉过头去瞧新娘的母亲。她一直凝眸看着自己的闺女,一边不时非常严肃地点着头。她那褐色的前额堆满皱纹,活像只老猴子。当她举起那一大杯啤酒时,手直发颤。喝罢,她往地板上啐了一口,使劲地用袖子揩嘴。音乐奏起了,她的视线跟踪着德丽萨,对每一个跟她跳舞的男人,都投以怀疑的目光。

"快活起来吧,老太婆,"她的丈夫戳戳她的肋骨,大声叫嚷道,"这可不是德丽萨的葬礼。"他朝来宾们眨眨眼,逗得人们哄堂大笑。

"我是蛮高兴的。"老妪喃喃地说,用拳头捶着桌子,合着音乐的节奏打拍子,以证明她也在分享婚礼的喜庆。

"她忘不掉德丽萨有多么野。"拉德曼太太说,"娃娃就摆在那儿哪,谁能忘掉呢?我听说上星期日傍晚,德丽萨犯了歇斯底里,说她不肯嫁给这个男人啦。他们只好为她请来了牧师。"

"另外那个男人呢?"布莱申马舍太太问道,"他为什么不娶她?"

那个妇女耸了耸肩。

"走了——失踪啦。他是个过路的客人,只在他们家住了两夜。他是兜售衬衫纽扣的,我也买了几颗。那些衬衫纽扣可漂亮啦,可那家伙简直是一头猪!姑娘长得并不俊,我不明白男人图的是什么——可也很难说。听她母亲说,打从十六岁起,她就像是一团火!"

布莱申马舍太太低头看着她的啤酒,把泡沫吹出个小眼。

"婚礼不该是这样的,"她说,"爱两个男人,不像个教徒!"

"她跟着这个男人有好日子过哩,"鲁普太太大声嚷道,"去年夏天他租我家的房子住,我不得不把他赶出去。他两个月也不换一次衬衫。当我向他提起他房间里气味多么大时,他说,那准是从铺子里刮来的。唉,每个做妻子的都得有份罪受。对吗,亲爱的?"

布莱申马舍太太看见丈夫和同事们一道坐在旁边那张桌前,就知道他又喝多了——他在狂热地做着手势,说话时,嘴里喷出唾沫星。

"是呀,"她表示同意道,"可不是嘛。姑娘们该长的见识太多啦。"

布莱申马舍太太夹在两位胖老妪当中,根本指望不上有人会请她跳舞。她望着一对对舞伴在旋转,忘记自己已经有了五个娃娃和丈夫,觉得自己又仿佛回到了少女时期。乐声悲怆而优美。她那变得粗糙的手指,在裙褶中忽而交叉起来,忽而又松开。音乐继续奏着。她不敢正视任何人,只微笑着,嘴角上神经质地稍稍发颤。

"可是,天哪,"鲁普太太嚷道,"他们把德丽萨那截香肠给了那个娃娃,好让她乖乖地待着。现在要介绍新人啦——该你那口子说话啦。"

布莱申马舍太太僵直地坐着。乐声戛然而止,跳舞的人们回到各自的座位上。

只有布莱申马舍先生一个人依然站在那

里——他手里捧着一只银质大咖啡壶。在座所有的人听了他的讲话都笑了,唯独他太太没笑。他做出怪相,就像抱婴儿那样把咖啡壶献给那对新婚夫妇,惹得满屋子的人捧腹大笑。

她掀开壶盖看了看,小声叫了一下,又把它盖上,坐在那里咬着嘴唇。新郎把壶夺过来,从里面拽出一只婴儿的奶瓶和一对装有瓷娃娃的摇篮。当他在德丽萨面前摆弄这些宝贝时,那间闷热的屋子仿佛被笑声震得直摇晃。

布莱申马舍太太并不认为这有什么好笑。她环视着一张张笑脸,倏地觉得都那么陌生。她恨不得回家去,再也不出门。恍惚间她觉得这些人都在嘲笑她,人数甚至比屋子里的还多——他们统统在嘲笑她,因为他们远比她要强有力。


他们默默地走回家去。布莱申马舍先生大步流星地走在前面,她打着趔趄跟在后边。从火车站通往他们家的那条路惨白而渺无人迹——一阵冷风刮掉她的兜帽,她的脸便裸露在外面了。她蓦地记起,第一天晚上他们是怎样一道回家来的。而今他们已有了五个娃娃,钱也增加了一倍。

· 蜜 月 ·

可是……

"喏,这一切都是为了什么?"她喃喃地说。直到回了家,为男人准备好肉和面包这样一顿简单的晚饭,她才不再向自己提出这个愚蠢的问题。

布莱申马舍先生用叉子把掰碎的面包在盘子里蘸来蘸去,狼吞虎咽着。

"好吃吗?"她用胸脯倚着支在桌上的双臂,问道。

"可香啦!"

他拿起一块碎面包,在盘边上蘸了蘸肉汁,送到她嘴边。她摇了摇头。

"不饿。"她说。

"这可是最好的一块哩,蘸满了肥油。"

他把盘子里的东西吃得一干二净,然后拔下靴子,将它们丢到角落里。

"这场婚礼可不怎么样。"他边说边抻抻腿,把脚趾塞进一双绒线袜子。

"是啊。"她回答着,并拿起丢得东一只西一只的靴子,将它们摆到灶上去烘干。

布莱申马舍先生打了个大哈欠,伸伸懒腰,咧嘴笑着,抬头看了看她。

"记得咱们回家来的那个晚上吗?你可还是个黄花闺女哩,地地道道的。"

"去你的!多少年前的事,我早忘啦。"其实,她记得一清二楚。

"你给了我一记大耳光。……可是我很快就教会了你。"

"哦,别说了。你喝啤酒喝多啦。上床吧。"

他在椅子上往后仰了仰,咯咯笑着。

"那天晚上你可没对我这么说。天哪,你叫我费了多大事呀!"

但是小个子的太太抓起蜡烛,走进了隔壁的房间。孩子们都在酣睡。她把婴儿床上的被子撩开,看看他尿湿了没有,随后把短罩衫和裙子的钩子解开。

"从古至今都是这么回事,"她说,"整个世界都是一样。但是,老天在上——可这太愚蠢啦。"

然后,连婚礼的那段记忆都淡忘了。当布莱申马舍先生脚步蹒跚地走进来时,她躺在床上,像是准备挨打的孩子那样,用胳膊捂住脸。

(1910)

## 摇 摆

房东太太在敲门。

"请进!"薇娥拉说。

"有你的一封信,"房东太太说,"一封特殊的信。"——她用肮里肮脏的围裙的一角捏着那绿色的信皮。

"谢谢。"正跪在地板上捅那满是灰尘的小炉子的薇娥拉,伸手接过来,"等着回信吗?"

"不要,送信的人已经走啦。"

"哦,好的!"她没有正视房东太太的脸。由于欠了房租,她感到惭愧,阴沉沮丧地想着这个女人会不会又大吵大嚷起来。

"至于你欠我的钱呢……"房东太太开始了。

"天哪——她又开始啦!"薇娥拉想道,她转过身去朝炉子做了个鬼脸。

"要么付清——要么给我搬出去!"房东太太提高了嗓门。她开始咆哮了,"我是个有身份的女人,是个体面的女人。我要让你知道这一点。我的房子里可不让虱子钻进来,绝不容许它们钻到家具里,把什么都统统吃掉。交钱吧——不然的话,明天中午十二点以前就给我走人!"

薇娥拉与其说是看到了,不如说是觉察到了那个女人比手画脚的样子。她笨拙而孤立无援地伸出一只胳膊,就好像一只脏鸽子忽然朝她的脸扑过来似的。"肮脏的老畜生!呸!身上难闻死了——活像发霉的奶酪和没晾干的衣服。"

"好吧!"她简短地回答道,"要么付钱,要么我明天就走。一切照办,不要嚷嚷啦。"

多怪啊,只要这个女人一挨近她,她就浑身发抖——连她那双扁平的脚丫子噔噔噔走上楼梯的声音都令她觉得不舒服。但是她一旦和这个女人面面相觑,她就会感到极其平静,满不在乎。她不明白自己为什么竟为金钱而发愁,也不明白自己为什么要蹑手蹑脚地走出房屋,甚至不敢随手带上门,生怕给房东太太听见了,会嚷出几句难听的话。更不明白自己为什么要整晚整晚地在房间里踱来踱去——在镜子前面猛地站定,对那个可悲的镜中人说:"钱,钱,钱!"当她一个人待着时,贫穷就宛如一座幻梦中的大山,她的脚牢牢地扎在上面。山有多大,疼痛就有多么剧烈。但是必须采取具体行动,没有空闲去想象时,她那座幻梦中的山就缩成个撒赖的"管他三七二十一",带着满腔怒火和强烈的优越感,让这件事越快过去越好。

房东太太猛然冲出房去,把门一摔,于是门"咔嗒""咔嗒"响着,晃啊晃的,就好像它一直在倾听着她们的对话,并对这个老妖婆寄予充分的同情似的。

薇娥拉跪坐在地板上,把信拆开。那是卡西米尔写来的。

> 今天下午三点钟我来看你——傍晚就得走。等见了面再谈吧。但愿你比我幸运些。
>
> 卡西米尔

"嗬!心眼儿多好!"她讪笑道,"多么肯于屈尊。你真是太好啦!"她跳起来,用两只手把信揉成一团,"你怎么知道我会乖乖地待在这儿,恭候你下午三点钟光临呢?"但是她知道自己会这么办,她的愤怒一半是装出来的。她巴望见到卡西米尔,因为她确信,这回她能够使他明白自己的处境。……"目前的情况是难以忍受的——难以忍受的!"她喃喃地说。

这是上午十点钟。天色灰暗,一道道苍白的阳光奇妙地闪耀着。在闪光映照下,她的房间显得凌乱而阴沉。她放下了窗帘——但是窗帘不停地发出白乎乎的炫目的光,跟原来一样糟糕。室内唯一有生命的东西是房东太太的女儿送给她的一瓶风信子。它挺立在桌上,肥厚的花瓣散发出令人陶醉的芳香。还有一簇待放的丰腴的花蕾,叶子就像油一样闪闪发光。

薇娥拉走到洗脸架那儿,往搪瓷盆里倒了点水,用海绵润湿了脸和脖子。她将脸浸在水里,睁开眼睛,来回摇着头——她感到精神振奋。于是,就接连做了三次。"要是多泡些时候,我估计就可以把自己淹死,"她思忖道,"我倒是想知道,人要过多久才能昏迷过去。……经常读到女人用水桶把自己淹死的事。我倒是想知道会不会从耳朵里进空气——要是盆跟水桶一样深的话呢?"她试验了一下——双手攀住洗脸架,慢慢地把头浸在水里。这当儿,又传来了敲门声。这次不是房东太太了,准是卡西米尔。她跑去开门。脸和头发滴着水珠,连衬裙上身的纽扣也没扣。

一个陌生人站在门楣前。一看见她,他就把眼睛睁得老大,愉快地笑着。"请原谅——莎费尔小姐住在这里吗?"

"不在,从来没有听说过这么个人。"

他的笑容富于感染力,她也想笑——冷水使她感到清新,两颊红润。

陌生人露出一副极为惊愕的神色。"她不在?"他嚷道,"你的意思是说,她出门啦!"

"不,她不住在这儿。"薇娥拉回答道。

"可是——请原谅——等一会儿。"他从门楣那儿走过来,端端正正站在她跟前。他解开外套纽扣,从胸兜里拽出个纸条,用他那戴了手套的指头摩挲平,随后递给她。

"对,是这个地址,没错儿。可是门牌号码一定搞错了。你知道,这条街有好多出租的房子,地方又这么大。"

水珠子从头发上滴答下来,落在纸条上。她突然大笑起来。"哎呀,我这副样子该是多么可怕呀——等一等!"她跑回到洗脸架那儿,抓起一条毛巾。门还在敞着,反正再也没有什么可说的了。她究竟为什么要喊他等一等呢?她把毛巾围在脖子上,回到门口。她的神情刹那间变得严肃了,厉声说:"对不起,我不认识这么个人。"

陌生人说:"我也得道歉。你在这里住了很久吗?"

"哦——是——很久啦。"她开始缓慢地关上门。

"喏——早安。多谢啦。但愿我没打扰你。"

"早安。"

她听见他沿着过道走下去,随即停下脚步——点上一根纸烟。是的,纸烟那淡淡的香气透进她的房间。她嗅了嗅,又嫣然一笑。喏,这段插曲多么可人意呀!他看上去高兴得令人吃惊。他穿着厚重的衣服,戴的是有纽扣的大手套,头发梳理得那么漂亮……还有他那微笑……只能用"兴高采烈"一词来形容——他是个营养很好的少年,整个世界都是他的游戏场。他这种人有一个好处：谁看见了他们都会觉得"没白见"。他们是神智健全的——健全而稳妥。没错儿，从生下来，直到咽气的那一天，他们片刻也没有疯狂地冲动过。生命和他们串通一气，让他们在自己的膝上跳跳蹦蹦，而且做得十分合乎情理。这一瞬间，她瞥见了团在地板上的卡西米尔的信。她脸上的笑容消失了。她边盯着那封信，边编小辫，隐隐一阵怒气穿过她全身。她好像在把这股愤怒编进自己的脑子里，把它紧紧地盘在头顶上。……当然，始终都怪它。怪什么？哦，怪卡西米尔那种可怕的严肃劲儿。倘若他俩初次见面时她的情绪是愉快的话，她连一眼也不会睬他的。然而他们就像是住在同一间病房里的两个病人——他们同病相怜。于是，给恋爱打下了甜蜜的基础！歹运硬把他们连在一起，他们面面相觑，种种矛盾使他们不知所措，相互同情……

"但愿我能够彻底摆脱这档子事，对它作出判断，然后就能找到一条出路。我确实爱上卡西米尔了吗？……啊，该说一次老实话了。"她猛然躺到床上，把脸埋在枕头下面，"我并不爱他。我只是要找个人来照顾我、养活我，直到我的作品能够卖钱为止。别的男人都不在身边,他却一个劲儿地跟我纠缠。要是没遇上他,会出什么事呢?我就会花我那点少得可怜的收入,然后——是的,我就是由于考虑到'然后',才拿定主意的。他是唯一能够替我解决问题的人。而且当时我相信他。我以为一旦他的作品受到了赏识,他就会阔起来。我以为也许我们会只受一个月的穷,因为他说,他只要有了我,就会受到激励……真可笑,要不是这么他妈的悲惨就好了!结果适得其反:几个月来,他连一篇作品也没发表,我也如此——不过我根本没有抱这样的奢望。是的,说实在的,我是个冷酷而怨气冲天的人,既不信任也不爱那些没有发迹的男人。到头来,我会看不起他们。正如我看不起卡西米尔一样。依我看,女人有那么一种野性的骄傲,她愿意把自己所委身的男子想象成非常伟大的人物。但是当卡西米尔踏遍全国,渴望找到为他敞开大门的编辑部时,我却闷在这间讨厌的房屋里干着急,这太丢脸了。这么一来,我的天性都被扭曲了。我不是受穷的命,只有在那些真正快活、从来也不用发愁的人们当中,我才能发挥出才华。"

## 蜜 月

那个陌生人的身姿浮现在她面前,赶也赶不掉。"话又说回来了,那才是跟我般配的男人。他无忧无虑,我要什么,他就会给我什么。跟他在一起,我永远都会感到生活的意义,感到自己与世界息息相关。我一向不愿意奋斗,我是被迫才去奋斗的。真的,我内心里有着快乐的源泉,可是这种可恨的境遇却使它一点点地枯竭下去。要是再拖下去,我会送命的。而且……"她在床上挪动了一下,把两条胳膊蓦地一伸,"我渴望激情、恋爱和冒险——向往这些。我凭什么待在这儿烂掉呢?我正在腐烂掉!"她喊叫着,那破碎的嗓音使她聊以自慰。

"但是如果今天下午卡西米尔来的时候,我把这一切统统告诉他,他就会说:'走吧。'他准会这么说的——这也是我厌恶他的原因之一。他听我的支配。那么我该怎么办呢?我将到哪儿去呢?"她无处可去。

"我不愿意干活儿,也不愿意自己闯出一条路。我想要舒适,渴望富贵荣华。我只适宜担任一个角色——去当一名高等妓女。"但是她不知道该怎样去张罗。她害怕到街上去。她听说过这种女人的骇人的遭遇:有病的男人;不肯付钱的男人;而且,每天晚上要接不同的嫖客。不,那怎么能成!

"倘若我有衣服的话,就到一家真正的好饭店去。找到一个阔佬……就像今天早晨那个陌生人那样的。他是个多么理想的人啊。唉,我要是有他的住址就好啦,我管保能够使他迷上我。我会让他成天笑个不停。我会向他要数不清的钱。"想到这里,她浑身暖洋洋、软绵绵的了。她开始幻想一座富丽堂皇的房子,挂满了衣服的一个个大衣柜,还有香水。她看到自己登上马车——向那个陌生人投以神秘而妖娆的眼色——她躺在床上表演了一番。她再也不用发愁了,只沉醉在幸福当中。那才是她注定要过的生活。喏,晚上就叫卡西米尔做那庸人无谓的追求去吧。他不在的当儿——哦!不要忘了,第二天上午十二点以前还得交房租哪!可是她连吃点像样的饭菜的钱也没有哇。一想到吃的,她胃部就感到一阵尖锐的绞痛,仿佛有一只手在里面把它挤干似的。她饿得厉害——都是卡西米尔的过错。而那个人呢,从生下来一直过着富裕的生活。看他那气派,好像满可以叫上一顿丰盛的佳肴。唉,她为什么没把事情办得更乖巧一些呢?他是上天派来的,她却怠慢了他。

"倘若那段时间能再重演一下,这会子我就没饥荒了。"在门口跟她说话的原是个平平常常的男人,可她在脑子里却创造出一个光辉灿烂、笑容满面的形象。他将把她当作皇后对待……"他要是粗鲁或庸俗的话,唯独这一点我是不能容忍的。但是他并不这样——他显然是个见过世面的人,他表示抱歉的那副样子……我对自己的本事和美貌把握十足,知道自己能够任意摆布男人。"……纸烟的馨香飘进了她的梦幻。随后,她想起了不曾听见有人走下石阶。难道那个陌生人果然还待在那儿吗?……这个念头太荒唐了,生活绝不会耍这样的把戏。然而,她完全意识到他近在咫尺。

她悄悄地爬起来,从门后的钩子上摘下一件白色长衫,边顽皮地笑着,边扣上纽扣。她不知道将会发生什么事,只是思忖道:"哦,多开心!"她认为陌生人正在和她玩一场有趣的游戏。她轻轻地转了一下门把手。当门锁"咔嗒"一声弹回去时,她把脸一仰,咬咬嘴唇。可不是嘛,他还在那里——倚着楼梯的栏杆。当她脚步轻盈地走到过道时,他嗖地转过身来。

"啊,"她边嘟囔边把长衫紧紧裹在身上,"我得下楼去取些柴火。哎呀,好冷!"

"一点柴火也没有了。"陌生人主动地说。她低低地惊叫了一声,然后把头往后一仰。

"又是你。"她假装轻蔑地说,同时却意识到他那双快活的眼睛,以及他那健康的身体所散发出来的新鲜、强烈的气息。

"房东太太嚷嚷没有柴火啦。我刚刚看见她出门买去啦。"

"瞎说,瞎说!"她恨不得哭上一场。他挨近了她,伏下身悄悄地说:

"你肯让我在你屋里抽完这支烟吗?"

她点了点头。"你愿意的话就抽吧!"

当他们一起在过道里时,发生了一桩奇事。她的屋子整个儿变了样——充满了美妙的光和风信子花的芳香,连家具都显得不同了——令人兴奋。幼时举行宴会的记忆从她的脑际一闪而过,孩子们当时一起玩字谜游戏,一批人走出屋,又回来,表演一个字——她现在也正在这么做。陌生人走到炉边,坐在她的扶手椅上。她不愿意他说话或是来到她身边,看见他待在屋子里就足够了。他是那么无忧无虑、兴高采烈。她曾多么渴望让这样一个人挨近自己。这个人对她一无所知,也不提出任何要求,只是活在那里。薇娥拉跑到桌前,用胳膊搂着那瓶风信子。

"真美!真美!"她喊着,把头埋在花里,贪婪地吸着它的芳香。她隔着叶子望着那个男人,笑起来了。

"你是个可爱的小东西。"他懒洋洋地说。

"为什么?因为我爱花儿吗?"

"我情愿你爱点别的东西。"那个陌生人慢吞吞地说。

她掐下一片粉红色小花瓣,朝它笑笑。

"我送给你一些花儿吧,"陌生人说,"你要是喜欢的话,我送给你一屋子花。"

他的嗓音使她略微一惊。"啊,不,谢谢啦——这瓶花足够我享用的了。"

"不,不够。"——戏弄的口吻。

"这话说得多蠢!"薇娥拉暗自想道。她又看了看他,觉得此人并不怎么快活。她注意到他的双眼相距太近——而且太小。想到他竟然被证明是个蠢货,她觉得太可怕了。

"你成天都做些什么?"她急匆匆地问道。

"什么都不做。"

"连一件事也不做?"

"我干吗要做事呢?"

"啊,千万不要以为我责备这样的智慧。不过,听上去会让人觉得,天下哪儿有这样的好事呢!"

"你指的是什么?"他伸过脖子来说,"哪儿有什么样的好事?"对,不可否认,他看上去挺蠢。

"我猜想你用不着把全部时间都用来找莎费尔小姐吧?"

"啊,不,"他笑容满面,"好得很!啊!不。我经常驾马车兜风,你喜欢马吗?"

她点了点头。"喜欢。"

"你得跟我一道去兜风——我有一对漂亮的灰马。你肯吗?"

"戴上我独一无二的帽子,坐在灰马后面,看上去倒挺俏丽的。"她思忖道。于是,她大声说:

"我乐意去。"她随随便便地就答应了,使他很高兴。

"明天怎么样?"他提议道,"比方说,你跟我一道吃午饭,接着我带你去兜风。"

这毕竟仅仅是一场游戏。她说:"好的,明天我不忙。"

顿了一下,然后那个年轻人拍拍自己的腿。"你为什么不过来坐坐?"他说。

她假装没看见,猛地转身对着桌子。"哦,我坐在这儿就挺好。"

"不,不好,"——又是那戏弄的腔调,"过来坐在我的腿上。"

"啊,不。"薇娥拉用强烈的口吻说,她忽然忙着梳拢起头发来。

"为什么不呢?"

"我不乐意。"

"哦,来吧。"——不耐烦地。

她的头左右摇摆。"这样的事,我连做梦也不会去想。"

这下子他站了起来,走到她身边。"可笑的小猫咪!"他抬起一只手来摸她的头发。

"别这样,"她说罢,轻轻地离开了桌边,"我、我认为这会子你该走了。"现在她感到十分恐惧,只想着必须及早摆脱这个家伙。

"哦,可是你不愿意我走吧?"

"愿意你走——我忙得很哩。"

"忙。小猫咪成天干些什么呀?"

"事情多着呢!"她巴不得把他推出屋子,然后"砰"的一声关上门——白痴——傻瓜——大失所望。

"她为什么皱着眉头?"他想,"有什么事让她发愁吗?"忽然又严肃地说:"喂——你呀,是不是经济上有什么困难。你想要钱吗?你高兴的话,我就给你!"

"钱!沉住气,把车刹住——不要慌乱!"她暗自说。

"你要是肯吻我一下,我就给你两百马克。"

"啊,呸! 这叫什么条件! 我不愿意吻你——我不喜欢亲吻。请你走吧!"

"不——你喜欢! ——不,你喜欢。"他抓住她的上臂。

她挣扎着,并十分惊讶地意识到自己竟如此

愤怒。

"放开我——马上!"她喊道。他用一只胳膊搂着她,把她拽过来,那只胳膊活像一根横在她背上的铁杠。

"我告诉你,放开我!别这么卑鄙!当你走进我的房间时,我可没想到会发生这样的事。你怎么敢这样?!"

"好吧,吻了我,我就走!"

太愚蠢啦——她躲闪着那张傻呵呵、笑眯眯的脸。

"我才不吻你呢!——你这畜生!——我不干!"不知怎么一来,她从他的胳膊里溜出去,跑到墙边——背靠着墙,呼哧呼哧地喘气。

"出去!"她结结巴巴地说,"马上给我走,滚出去!"

此刻,由于摆脱了他,她感到十分惬意。她被自己那怒气冲冲的声音弄得激动起来。"想想看,我竟去跟那么个男人讲话!"他脸上布满了愤怒的红晕,嘴唇一咧,龇出牙来。薇娥拉想道:活像一条狗。他朝她冲过来,抓着她往墙上按,用他全身的重量压住她。这下她挣脱不开了。

"我才不吻你呢,才不呢。住手!呸!你就像是一条狗。你应该到路灯杆周围去找情人。你这畜生!你这恶魔!"

他没有回答,脸上泛着荒谬透顶的决心,越发沉甸甸地压在她身上。他连瞧都没瞧她一眼,只是蓦地尖声说道:"别吵嚷,别吵嚷!"

"哼!男人的力气怎么这么大呀?"她嚷起来了,"滚——我不要你,你这个下流东西!我要把你宰了。哦,天啊!我要是有把刀多好。"

"别犯傻!来吧,乖乖儿地!"他把她往床跟前拖。

"你以为我是个下贱女人吗?"她咆哮道,随即朝他猛扑过去,用牙齿紧紧咬住他的手套。

"哎呀!别这样——你咬伤了我!"

她不肯松开,心里说:"谢天谢地,我想到了这个主意。"

"马上停住——你这泼妇——这婊子。"他甩开了她。她满心快乐地看到他的眼眶里噙满了泪水。"你真把我弄伤了。"他的声音被泪水哽住了。

"当然喽,我正是要这样。假若你敢再动手

动脚,比这厉害的还在后头呢。"

陌生人拾起帽子。"不,谢谢啦,"他咬牙切齿地说,"但是我不会忘记这件事——我要去找你的房东太太。"

"啐!"她耸耸肩膀,大笑起来,"我会告诉她,你硬闯进这儿来,想要侮辱我。她会相信谁呢?你的手又给咬破了。找你的莎费尔一家子去吧。"

薇娥拉心里充满欢乐,简直陶醉在幸福当中了。她朝着他翻了翻眼皮。"你要是不马上给我走,我还要咬你。"她说完这句狂荡不羁的话,就开怀大笑。甚至门关上后,一边听着他走下楼梯的声音,她还满屋子跳啊笑啊的。

一个难忘的早晨!啊,得把它记载下来。这是她平生第一次的战斗,她打赢了,全凭自己的力气,征服了那个畜生。她的手还在颤抖。她挽起衫袖:胳膊上留下了很大一片红斑。"我的肋部准都紫了,浑身都会发紫的。"她思忖道,"要是亲爱的卡西米尔能够看见刚才这场,该有多好。"她对卡西米尔所感到的愤怒和憎恶早已消失殆尽。可怜的乖乖没有钱,这能怪他吗?她也同样有责任。而且他跟她一样,不为世所容,只得与之斗争,正如她方才所做的那样。

要是三点钟到了该有多好。

她幻想自己朝他奔去,用胳膊搂住他的脖子。"亲爱的!咱们当然必定要胜利。你还爱我吗?哦,我近来对你太不好啦。"

(1910)

# 娃娃诞生的那一天

安德利亚·宾兹尔缓缓地醒了过来。他在狭窄的床上翻了个身,伸伸懒腰——打了个哈欠,把嘴张得要多大有多大,随后"咯吱"一声上牙磕打了下牙。这声咯吱使他着了迷,他赶紧又重复几遍,上下颚剧烈地活动着。他思忖道:多好的一口牙齿啊!颗颗都硬邦邦的,一颗也没掉,一颗也没补过。这都是由于平素不乱吃乱嚼,一早一晚总好好刷一遍的缘故。他用右肘支起身子,将左臂伸到床边去摸椅子——头天晚上他把手表和表链全放在上面了。那里当然没有椅子——他忘记了,这间平时闲置不用的简陋的屋子里根本没有椅子。他只得把那劳什子压在枕头下面。"八点半,星期日,九点吃早饭——该是洗澡的时候了。"随着表的嘀嗒,他脑子里在转这些念头。

他从床上一跃而起,走到窗前。软百叶帘破了,像扇面一样从窗子的上框垂挂下来。"百叶帘该修了。我得叫勤杂工明天下班的路上来一趟,把它修好——他专会修窗帘。只消给他两个便士,他就能修得跟木匠一般好。安娜身体好的时候,也会修。其实,我也能,可我不愿意去登那东倒西歪的梯子,太不牢靠了。"他抬头望了望天空,它白得出奇,发着光,万里无云;接着又俯瞰那排一长条一长条的庭院和后院。这些庭院的篱笆是沿着一道水沟筑起的,沟上架着一座铁吊桥。人们有个陋习,总把空罐头盒隔着篱笆扔到沟里去。当然,他们就是干那种事的人!安德利亚点起罐头盒的数目来了,并且下狠心要写封信给报纸反映这事,还签上名——连名带姓都签。

女佣拿着他的靴子,从他家后门走进院子。她把一只丢在地下,将手塞进另一只,直勾勾地瞅着它,腮帮子一鼓一瘪的。她猛地弯下身去,朝靴尖啐了一口,从围裙里拽出一把刷子,刷开了。

"好个邋遢丫头!天晓得什么样的传染病菌

正在那只靴子里繁殖。安娜一旦能够起来走动了,就得叫这个丫头卷铺盖——哪怕暂时没得使唤的也没关系。瞧她那副德行,把一只靴子丢在地下,又朝着另一只啐口唾沫!她根本不管手里拿着的是谁的靴子。她甚至不屑于对他装出一点尊重的样子,而这是他作为一家之主理应享有的。"他怏怏地从窗前转过身来,由洗脸架上拽下浴巾,"就一个男子来说,我太敏感了——就是这个毛病。自从生下来,直到咽气的一天,都是如此。"

传来了轻轻的敲门声,他母亲进来了。她随手带上门,倚门而立。安德利亚发觉她的便帽戴歪了,肩上耷拉着长长的一绺头发。他走上前去,吻了吻她。

"早安,妈妈。安娜怎么样?"

老妪忽而十指交叉,忽而松开,快嘴快舌地说:

"安德利亚,穿好衣服,请你马上去找厄尔布大夫。"

"怎么啦,"他说,"她不舒服吗?"

宾兹尔太太点了点头。安德利亚注视着她,

发现她的容貌蓦地起了变化。从皮肤表层好像冒出一张皱纹组成的密密麻麻的网子,罩在脸上了。

"在床上坐一会儿,"他说,"整宿没睡吗?"

"是啊。不,我不坐,我得回到她身边去。安娜疼了一宿。她不肯打扰你,因为她说你昨天看上去精疲力竭。你告诉她你感冒了,害得她很着急。"

安德利亚立即感到老婆告了他一状。

"喏,是她要我非告诉她不可,缠着我,硬从我嘴里套出来的。你晓得她惯用的手法。"

宾兹尔太太又点了点头。

"啊,是的,我晓得。她问你的感冒好了点儿没有,还说在大抽屉左角,给你放好了一件暖和的内衣。"

安德利亚纯粹是下意识地清了两次喉咙。

"好点儿啦,"他回答说,"告诉她,我的喉咙确实松快一点了。我想,最好别去打搅她吧?"

"对,而且,别忘了时间,安德利亚。"

"不出五分钟我就准备停当。"

他们进了走廊。宾兹尔太太刚一打开前面卧房的门,就传出了长长的号叫声。

· 蜜 月 ·

安德利亚又惊又吓。他冲进浴室,把两个自来水龙头拧到最大限度。一边哗哗地放水,一边又是刷牙,又是修指甲。

"真是道难关,真是道难关。"他听见自己在喃喃地说,"我就是不明白,这又不是头胎——她生的是第三胎啦。昨天老沙费尔告诉我,他的老婆不费吹灰之力就养下了第四胎。安娜应该雇个够格儿的护士。母亲净由着她的性儿,把她惯坏了。她说我昨天害得安娜很着急,我纳闷这话是什么意思。在这种时刻对做丈夫的说这样的话,真够可以的。我料想这是神经衰弱——我又神经过敏啦。"

当他进厨房去取靴子时,女佣正弯着腰,在炉子上做早餐呢。"这会子大概又朝那里面吹气儿啦。"安德利亚想道。他对女佣很暴躁,她却没理会。她脑子里充满狂喜,关心着楼上的重大事件。她觉得每吸一口气,都在领略生命的奥秘。开早饭时,她边摆第一道菜,边说声:"男孩儿。"摆第二道时说声:"女孩儿。"最后摆到盐匙时算出是个"男孩儿"。"我非告诉老爷不可,好安慰安慰他。"她打定了主意。可老爷并没给她开口的机会。

"在桌上多摆出一份杯盘,"他说,"大夫兴许要喝点咖啡。"

"大夫吗,老爷?"女佣从炉子上的平底锅里抄起一把调羹,就往锅里滴上两滴油,"要额外煎点什么吗?"但是老爷已经走掉了,他"砰"的一声顺手带上了门。

他沿街走下去——在星期日早晨这个时刻——左近连个人影儿也没有。当他渡过吊桥时,从沟里冒起一股茴香和腐烂垃圾的强烈臭气。安德利亚再一次打起那封信的腹稿来。他拐了个弯,进入了通衢大道。店铺的百叶窗还关着呢。人行道上到处丢着碎报纸、干草和果皮,明沟里堆满了星期六晚上的残渣。两条狗趴在街心,挠着地,相互咬架。只有街角那爿小酒店开张了,一个年轻伙计正往门前的石阶上洒水。

安德利亚撇着嘴,小心翼翼地拣水浅的地方走过去。"真怪,今天早晨我净注意这些事了。我就讨厌这样的星期天,安娜动弹不得,孩子又不在身边。在星期天,一个男人有权利和家人团聚。这里,一切都是脏的,整个这一带都会闹起瘟疫。

假若不把这条街清除干净,迟早会有这么一天。我真想手里有点权。"他挺了挺肩膀,"呃,来到这位大夫家里了。"

"厄尔布大夫正用早饭哪。"女仆告诉他。她把他领进候诊室,那是一间满是霉臭气味的黑屋子,窗旁的玻璃匣里种着些蕨类植物。"他说,马上就来。先生,桌上有报纸。"

"多么不卫生的脏洞。"安德利亚寻思,一边踱到窗边。用手指轻敲着玻璃匣的框框。"他在吃早饭吗?我不该一大早空着肚皮就跑来。"

一辆送奶车嘎啦嘎啦沿街过来了。赶车的站在车尾,嗖嗖地抽着鞭子。他的大衣翻领上插着老大一朵天竺葵花。此人像岩石一般牢牢地立在那儿,随着车子的颠簸,身子稍稍向后挺着。车经过之后,安德利亚还伸着脖子目送着他的背影,倾听那奶罐碰撞发出的刺耳声响。

"哼,他过得倒也不赖。"他默默地想着,"我自己也不妨过过那种生活。一大早爬起来,十一点钟左右活儿就都干完了。挤奶时间到达之前,就游游荡荡,什么也不用干。"他明知道这是夸张了,可他就是要可怜一下自己。

女仆把门打开,闪在一边为厄尔布大夫让路。安德利亚倏地转过身来,两个男人握了握手。

"喏,宾兹尔,"大夫愉快地说,一边胡噜着他那珍珠色背心上的面包渣子,"盼儿子和继承人盼得厉害吧?"

安德利亚听了兴奋得心里怦怦直跳。天哪!儿子和继承人。他很高兴又得跟个男子汉打交道了。这又是个心智健全的人,成天价干这种营生。

"你说得真差不离,大夫。"他笑嘻嘻地回答着,拿起帽子,"我母亲今天一大早就把我从床上拖起来,要我赶紧来请你。"

"吉格马上就会来。你跟我一道坐车去好不好?天气闷热得反常,你脸上已经红得像甜菜根啦。"

安德利亚装出要笑的样子。大夫有个令人讨厌的毛病:认为自己既然是大夫,就可以随便拿人开玩笑。安德利亚认定:"这位仁兄就像所有那些专家一样,浑身都是自负。"

"宾兹尔夫人夜里过得怎么样?"大夫问道,"啊,马车来啦,在路上告诉我吧。尽量靠中间坐一坐,好吗,宾兹尔?不然的话,凭你的体重,车子就会朝一边歪过去——你们这些发了迹的商人,就数这一点糟糕。"

"他起码比我还要重三十磅呢。"安德利亚思忖,"他对本行也许还是精通的——可旁的方面,算了吧。"

"走吧,我的美人儿。"厄尔布大夫用鞭子在褐色小母马身上轻轻一抽,"你太太昨天夜里睡了一会儿吗?"

"没有,我想她没睡。"安德利亚简短地回答道,"说实在的,我觉得遗憾的是她没有个护士。"

"哦,令堂能顶上一打护士。"大夫以极大的热忱嚷道,"说实在的,我对护士不感兴趣。她们毛手毛脚,就像后腿部的牛排。她们鼓捣起婴儿来,就好像在跟死神抢帕特洛克罗斯①的尸体似的……你看见过英国艺术家莱顿②的画吗?精彩极了——那可真是充满了活力!"

"又来这一套啦,"安德利亚想道,"他在卖弄

---

① 帕特洛克罗斯是荷马史诗《伊利亚特》中的人物。在特洛伊战争中为赫克托尔所杀,后友人阿喀琉斯为他复仇。
② 莱顿(1830—1896),英国学院派画家。

自己的知识,拿我当傻瓜。"

"至于令堂呢,她是坚定的,又很能干。叫她做什么,她就满怀同情地去做。瞧瞧咱们正路过的铺子,都是些化了脓的疮口。天啊,政府怎么会容忍……"

"它们并不怎么糟糕……蛮像样子……只不过需要涂层油漆就是了。"

大夫用口哨吹了支小曲儿,又轻轻抽了母马几鞭子。

"希望那个小娃娃不要给他妈妈添太多的麻烦。"他说,"咱们到啦。"

在轻便马车后座滑上滑下的一个瘦骨嶙峋的小男孩,一跃而下,勒住了马头。安德利亚让女佣把大夫领上楼去,自己径直走进餐室。他坐下来,倒了些咖啡,啃了半个面包卷,然后动手吃鱼。他发觉没有吃鱼用的热盘子——整个家弄得乱七八糟。他按了按铃,女佣端着个托盘进来了,上面放着一碗汤和热盘子。

"我把它们放在炉子上来着,省得凉了。"她傻笑着。

"啊,谢谢,你想得真周到。"他一边喝汤,心里一边对这个傻丫头产生了好感。

"哎,厄尔布大夫来了,可太好啦。"女佣主动开了口。由于太需要同情,她抑制不住自己了。

"哼。"安德利亚说。

她转动着眼睛,像是有所期待地待了一会儿,然后带着对人类的满腔憎恨走回厨房,发誓自己将永不生育。

安德利亚把汤喝完,鱼也吃光了。他继续吃着,房间里逐渐暗下来。刮起一阵小风,把树枝打在窗户上。餐室面临着港口的防波堤。大海卷着浪涛滚滚袭来。风阴郁地呻吟着,绕着房屋转。

"要起暴风雨啦。也就是说,我得整天困在这里。喏,也有个好处:这么一来,空气会变得新鲜了。"他听见女佣煞有介事地在房子里跑来跑去,乒乒乓乓地关窗户。接着他又瞥见她在庭院里,从系在草坪上空的绳子上摘下喝茶用的毛巾。毫无疑问,她是个蛮勤快的人。他拿起一本书,把带辘轳的扶手椅推到窗口。但是无济于事,天色昏暗得没法看书。他不想去损伤自己的视力,而上午十一点就点煤气灯,未免太荒唐了。所以他斜躺在椅子上,胳膊肘倚着有软垫的扶手,难得地听任自己浮想联翩起来。"男孩子吗?是的,这回准是个男的。——宾兹尔,你有几个孩子?啊,我有两女一男!"这个数目不多不少。当然,他是绝不会偏袒任何一个孩子的,但是男人需要有个儿子。"我替儿子搞起生意!宾兹尔父子公司!这意味着今后十年间要精打细算,尽量节省开支,然后……"

一阵狂飙袭击了这座房子,席卷它,摇撼它,把它甩下,然后更加紧紧地攫住它。浪涛沿着防波堤滚滚而上,泡沫迸溅,像鞭子一样抽打着它。一缕缕破布条般的灰云从白色天空上飘游而过。

安德利亚听见厄尔布大夫走下楼梯的声音,深深地舒了口气。他站起来,点燃了煤气灯。

"我抽支烟,不在意吧?"厄尔布大夫问道。安德利亚还没来得及回答,他就已经点起了一支烟。"你不抽烟,对吧?没工夫染上这种小小的坏习气!"

"她现在怎么样?"安德利亚问道,心里厌恶着眼前这个人。

"哦,还凑合,小可怜儿。她央求我下楼来看看你。她说她知道你在为她着急。"大夫两眼含着笑意,看了看早餐桌子,"看起来你好歹吃了点东西,呃?"

"咻——咻——"风呼啸着,摇晃着窗框。

"这么个天气——真倒霉。"厄尔布大夫说。

"是啊,它刺激安娜的神经,而她需要的正是镇定。"

"呃,什么?"大夫反驳道,"镇定!哎呀!她的神经比咱们俩加在一起还坚强呢!神经!她浑身都是神经!像她这样一个女人,做那么多家务,四年之内养下三个娃娃,任劳还得任怨。"

他把吸了半截的纸烟扔进壁炉,皱起眉头,望着窗外。

"现在他又责备起我来了,"安德利亚想道,"今天早晨这是第二回了——第一次是母亲,这会子是此人。由于我敏感,他们觉得有机可乘。"他不想再说什么话,就按铃把女佣喊来。

"把早餐的杯盘撤掉,"他命令道,"我不能让它们在桌上乱糟糟地堆到开午饭的时候!"

"对这姑娘不要太严厉啦,"厄尔布大夫劝道,"今天她得多干一倍活儿哪。"

这下子安德利亚可勃然大怒了。

"大夫,劳驾请不要干涉我和我的用人们之间的事!"话一说出口,他就觉得自己太蠢了,因为他充其量只有一个用人。

厄尔布大夫不动声色。他摇摇头,把手揣在兜里,用脚尖和脚后跟找着平衡。

"你这是让天气搅昏了头,"他讥讽地说,"就是这么回事。太糟糕啦——这场风暴。你知道,天气对分娩有着极大的作用。好天气能够使产妇振作起来——她就会打起精神来办好这档子事。分娩和洗衣服一样,都需要赶上好天气。就一个老大夫而言,刚才我这见解还不赖吧,呃?"

安德利亚没有回答。

"喏,我得回到产妇那儿去啦。你为什么不出去散散步,让脑袋清醒清醒?我这可是个好主意。"

"不,"他回答道,"我不去,天气太坏啦。"

他回到窗边的椅子上。

当女佣拾掇桌子的时候,他假装看书。……然后就做起梦来!他好像多少年都没有空闲来做那样的梦了——他连喘气的工夫都从未有过。成天价让工作缠着身,又不能像别人那样,晚上就摆脱出来。而且，安娜也感兴趣。他们两口子在一起，几乎从来都不谈别的。她将是这个儿子出色的母亲。她对什么事都把握得住。

教堂的钟在狂风中响起来了，忽而像是从遥远的地方传来，忽而又仿佛全镇的教堂突然一股脑儿搬到他们这条街上来了。那些钟触动了他内心里的什么，朦胧而又充满柔情。就在这当儿，安娜会从门厅里喊他："安德利亚，来呀，给你刷刷大衣，我在等你哪。"接着他们就动身了。她挽着他的臂，仰起头来望着他。她确实是个小东西。他记得，当他们订婚时，他曾说："你的身高刚好够着我的心脏。"于是她跳上凳子，边大笑着，边把他的头按下去。在那些日子里，她简直就是个娃娃。在性格方面，比她自己的娃娃还要孩子气、快活，还要"生龙活虎""生气勃勃"。办完一天公之后，她是怎样一路跑过来迎接他啊！当他们去找房子时，她笑成那副样子。天哪！她笑得好开心呀！

回忆到这里，他咧嘴笑起来，接着又猛地板起面孔。婚姻在女人身上所产生的变化，确实比男人大得多。谈到变得稳重，只消两个月，她那股子生龙活虎的劲头就统统不见了。喏,一旦生儿子这档子事过去了,她还会强壮起来。他开始为他们计划一次短途旅行。他想把她带走,一起到什么地方去游荡。管他呢,他们毕竟还年轻嘛。她变成了个因循守旧的人,他得逼着她摆脱这一切。事情就是这样。

他站起来,走进客厅,小心翼翼地关上门,从钢琴上取下安娜的照片。她穿着白色衣衫,用软料子在下巴下打了个大蝴蝶结。她有点僵直地站在那儿,手里握着一束假的罂粟花和玉米。那浓密的头发使她那时就显得体质单薄。粗粗的辫子仿佛压得她抬不起头来,可她还在微笑着。

安德利亚蓦地屏住气。那个姑娘——就是他的妻子哩。呸!那不过是四年前拍的呀。他把照片贴近,又弯下身去吻了吻。接着,用手背去揩了揩玻璃。

就在这当儿,他听见了哀号声,比他在走廊里听到的要微弱,然而更吓人。风嘲笑般地模仿它,将回声刮得越过房顶,穿街走巷,刮到离他远远的地方。他扬起双臂。"我简直完全没辙了。"他说,随后又冲着照片嘟囔,"也许并不像听上去的那么可怕吧,也许只不过是我的神经过敏。"在客厅幽暗的灯光下,安娜脸上的笑容恍若变得严峻了,变得诡秘,甚至残忍了。"不,"他沉思细想,"这笑容绝不是她最欢快的表情——不该在她这么笑的时候给她拍照。她不像是我的老婆——不像是我儿子的妈妈。"对,可不是嘛,她不像是将来会当公司合股人的那个儿子的妈妈。这帧照片刺激着他的神经。安德利亚借着不同的角度来看它。从远处看,从侧面看,事后回想起来,仿佛用了一辈子的时间来试图把它摆得顺眼一些。越摆弄它,就越不喜欢。他三次把它拿到壁炉跟前,决定将它丢到炉箅里的日本伞后面。随即又觉得糟蹋一个贵重的镜框未免太荒唐了。东拉西扯没什么好处。安娜看上去像个陌生人——不正常,怪里怪气,也可能是她弥留之际或刚咽气后拍的。

他蓦地意识到风已止住,整座房子静了下来,沉寂得可怕。他冻得够呛,面色苍白,毛骨悚然地觉得几只蜘蛛正顺着自己的脊梁爬,又从脸上爬过去。他站在客厅中央,倾听着厄尔布大夫走下楼梯的脚步声。

他看见厄尔布大夫踱进来。这间屋子好像变

成一只旋转着的巨大玻璃缸,身穿珍珠色背心的厄尔布大夫恰似一尾金鱼,在这只玻璃缸里朝他游过来。

"我亲爱的妻子去世啦!"不等大夫开口,他就想这么喊……

"喏,这一次她可钓到个男孩!"厄尔布大夫说。安德利亚趔趔趄趄地趋步向前。

"当心,多多保重吧。"厄尔布大夫说。他抓住安德利亚的胳膊,边抚摸边叽咕道:"松软得像黄油一样。"

安德利亚容光焕发。他兴高采烈了。

"啊,喔唷!任何人也不能指责我,说我不懂得什么叫作受罪。"他说。

(1911)

# 米　丽

米丽倚着阳台站在那里,直到男人们从她的视野里消失。当他们上了马路走得远远时,威利·考克斯才从马上转过身来摆了摆手。但是她并没有朝他摆。她只微微点了点头,皱了皱眉。威利·考克斯这个小伙子还不赖,只是太随随便便,不拘小节,不合她的胃口。哦,天哪,真热!头发都快烤焦了。

米丽在头上蒙了块手绢,手搭凉棚。远远地,她看见那些马像褐色斑点一般沿着尘埃滚滚的道路跳上跳下。当她把视线移向烈日下的牧场时,她依然可以看到他们——像蚊子一般在眼前跳跳蹦蹦。这是下午两点钟。太阳像一面燃烧着的镜子,悬挂在褪色的苍穹。牧场远处,蓝色的山峦像海洋般跳跃颤动。

十点半以前锡德是不会回来的。他和四个年轻伙伴骑马到乡里协助追捕那个杀死威廉森先生的小伙子去了。多么可怕啊!如今丢下威廉森太太拖着一大帮娃娃。真怪!她简直不能设想威廉森先生竟已不在人世了!他最爱开玩笑了,老是闹着玩。威利·考克斯说,他们在谷仓里发现了他,一颗枪子儿打穿了他的脑袋,而那个在牧场学庄稼活儿的英国小伙子"约翰尼"失踪了。真怪!她不能设想任何人居然会开枪杀死威廉森先生。他的人缘那么好。天哪!他们一旦逮住了那个小伙子!喏,你绝不能替那号年轻人感到惋惜。锡德说得对,倘若不把他绞死,他们大家都会落到什么下场呢?像他这号人是不会只干一档子就善罢甘休的。谷仓里遍地是血。威利·考克斯说,他受了很大刺激,竟然从血泊中拾起一根纸烟,把它抽了。天哪!他一定成半疯儿了。

米丽回到厨房里去。她在炉子上盖了些灰,洒上水。她脸上冒着汗,沿着鼻子和下巴往下淌。她无精打采地把晚饭用的杯盘撤去,走进寝室,对着粘有苍蝇屎迹的镜子照了照,用毛巾揩拭脸和脖子。她不知道这天下午自己是怎么回事。她可以痛哭一场——无缘无故地——然后换件上衣,美美地喝上一杯茶。对,她就想这么做!

她一屁股坐在床沿上,定睛望着对面墙上那幅彩色图片:《温莎城堡的园会》。前方是绿宝石般的草坪,栽着一棵棵巨大的橡树,醉人的浓荫下是乱哄哄的一簇淑女绅士、阳伞和小桌。背景耸立着温莎古堡,上面飘扬着三面英国国旗,画面中央是老女王①,活像是在茶壶上装了个脑袋。"我怀疑会不会真是这样的。"米丽瞪着那些花枝招展的淑女们,她们也朝她傻呵呵地笑,"我才不稀罕这些呢。摆什么谱啊?又是女王又是啥的。"

用运货木箱改造成的梳妆台上端,挂着她和锡德举行婚礼那天拍的大照片。倘若你真喜欢的话,这倒是一幅好照片。她坐在一把柳条椅上,身穿米色开司米长衫,扎着缎带。锡德一手扶着她的肩膀站着,望着她所捧的花束。他们背后有几棵蕨树,还有瀑布,远处是白雪皑皑的库克山。她

---

① 老女王指英国的维多利亚女王(1837—1901)。

几乎忘掉了他们结婚的日子。岁月流逝,倘若没有人跟你谈论这些事情,你会很快就把它们抛在脑后。"我纳闷我们为啥从来没有养过娃娃……"她耸了耸肩,不再想下去了,"喏。我可从来也没觉得非有个娃娃不可。要是锡德那么想过,我倒不觉得奇怪。他比我心软。"

随后她静静地坐着,什么也不想,红肿的手裹在围裙里,伸到前面的两条腿叉开来。长着浓密的深色鬈发的小脑袋,耷拉到胸前。厨房里的时钟嘀嗒响着,炭在火炉里发出哔哔剥剥的声音,软百叶帘碰撞着厨房的窗子。米丽蓦地感到一阵惊恐。她肚子里莫名其妙地颤抖起来,随即连膝盖带手都串到了。"有人来啦。"她踮着脚尖走到门口,偷偷往厨房里看。那里什么人也没有。通向阳台的门是关着的,窗帘拉了下来。暮色苍茫中,时钟的白壳闪烁着,家具似乎在膨胀、呼吸……并且倾听着。时钟——灰烬——软百叶帘,还有另外一样东西,仿佛是后院里的脚步声。"去看看那是什么,米丽·埃文斯。"

她冲向后门,把它打开了。转瞬之间,有人钻到柴火垛后面去了。"是谁?"她气势汹汹地大声嚷道,"走出来!我看见你啦。知道你在哪儿。我手里有枪。从柴火垛后面给我出来!"她再也不害怕了,却怒气冲天,心里像擂鼓似的,"跟一个女人耍花招,我可得给你点厉害瞧瞧!"她叫嚷道,并且从厨房角落里拿出一杆枪,沿着阳台的台阶冲去。越过亮得晃眼的院子,来到柴火垛后面。一个小伙子正趴在那儿,面部伏在一只胳膊上。"起来!别在这儿装蒜!"她依然举着枪,踢了他一脚。那人毫无表示。"啊,天哪,我相信他已经死啦。"她跪下来,揪住他,把他翻了个身。他像个麻袋似的一骨碌就翻了过来。她瞪大了眼睛蹲下来,朝后挺着,吓得嘴唇和鼻孔直翕动。

他只不过还是个少年呢,浅黄的头发,嘴唇和下巴上长着一层浅色茸毛。眼睛是睁着的,直翻白眼。汗水把灰尘和成泥饼,东一块西一块地糊在脸上。他穿着棉布衬衫和长裤,脚蹬胶底布鞋,一摊乌黑的血使一只裤管粘在腿上。"我不能留你,"米丽说,接着又补了一句,"你得走。"她弯下身,摸摸他的胸部。"等一下,"她结结巴巴地说,"等一下。"于是,她跑进屋里去取来白兰地和一桶水。"你想干什么,米丽·埃文斯?啊,我真不知道。我从来也没见过昏迷不醒的人。"她跪下来,用一只胳膊托起少年的头,往他的嘴唇里灌了点白兰地。那酒沿着他的嘴角又淌了下来。她把围裙的一角浸在水里,用颤巍巍的手指替他揩拭脸部、头发和喉咙。在灰尘和汗水下面,他的脸微微地闪着光,跟她的围裙一样白,瘦削而布满细碎的皱纹。一种可怕的古怪感觉揪住了米丽·埃文斯的心。一粒从未繁茂过的种子吐了芽,深深地扎下根,绽出痛苦的叶子。"你清醒过来了吗?恢复正常了吗?"少年呼吸急促,几乎喘不过气来。他眼睑颤动着,脑袋左摇右晃。"你好点啦,"米丽边把他的头发理顺,边说着,"现在觉得好些了吧,呃?"心里一阵绞痛,使她几乎透不过气来。"哭有什么用,米丽·埃文斯。头脑要保持冷静。"少年猛地坐起来,倚着柴火垛,避开她,瞪着地面。"这下好啦!"米丽·埃文斯以奇怪的、发颤的声音嚷道。

少年掉过头来望着她,依然默不作声,但是眼睛里充满了痛苦和恐惧。她咬紧牙关,使劲攥着拳头,止住了哭泣。他沉吟了好一阵子,才像说梦话的孩子那样用细小的声音说:"我饿。"他的嘴唇颤动着。她急忙站起来,朝他俯下身去。"你就进屋来吧,坐下来吃顿饭,"她说,"你走得动吗?""是的。"他低声说,随后摇摇晃晃地跟着她穿过亮得晃眼的院子,朝阳台踱去。他在台阶脚下停下来,又望了望她。"我不进去啦。"他说。在房子周围那一小片阴凉中,他在台阶上坐下。米丽盯着他。"你上次是啥时吃东西的?"他摇了摇头。她割下一大块肥肥的腌牛肉,又拿来一个涂上厚厚一层黄油的半圆形面包。但是当她把食物端去时,他却站在那里东张西望,对那盘吃的睬都不睬。"他们什么时候回来?"他结结巴巴地说。

刹那间,她恍然大悟。她端着盘子立在那儿,目不转睛地看着。他就是哈里森。他就是杀死威廉森先生的那个英国小子。"我晓得你是谁,你蒙不住我。一见面我就认出你来了。"他摆了摆手,仿佛表示这都无所谓。"他们什么时候回来?"她原想说:"他们已经在路上啦,说话就到。"却对那张可怕的、布满恐惧的脸说:"十点半以前回不来。"他坐下来,倚着阳台的一根柱子,满脸都瑟瑟颤抖起来。他闭上眼睛,两行泪水沿着腮帮子淌下。"他只不过是个孩子,可他们大家都在追捕他。一个孩子哪经得起这么追捕。"

"吃点牛肉吧,"米丽说,"你吃得饱饱的,才能稳住肚子。"她走过阳台,将盘子放在自己的膝上,挨着他坐下。"呃——尝一口。"她把涂了黄油的面包掰碎,心里想:"我可不能让他们把他逮住。人都是畜生。我才不管他干了啥或是没干啥呢。米丽·埃文斯就是得帮他帮到底。他只不过是个病恹恹的娃娃。"

米丽脸朝上躺着,眼睛睁得大大的,一面倾听着。锡德翻了个身,把被子裹在弓起的背上,咕哝了一声:"晚安,老丫头。"她听见威利·考克斯和其他小伙子把衣服往厨房地板上一摔,接着,他们的声音也传来了。威利·考克斯对他的狗说:"趴下,古姆博伊。趴下,你这小鬼。"屋里陷入一片沉寂。她躺在那儿继续倾听着。她身体里的小小脉搏在跳动,它们也在倾听哪。天气真闷热呀。由于锡德的缘故,她不敢动弹。"得让他走掉,非让他走掉不可。我才不去管他什么官司不官司哩,更不去管今天晚上他们扯些什么。"她愤愤地想道,"简直叫人不知道该咋说好。反正一切都是荒唐的。"在万籁俱寂中,她尖起耳朵。他该走啦。……外面还没传来任何响动,威利·考克斯的狗古姆博伊就爬了起来。它猛冲到厨房地板尽头,朝后门嗅了起来。米丽倏地感到了一阵恐怖。"狗在干啥名堂,哦?小伙子真蠢,这儿可有条狗在荡来荡去哪!干吗不躺下来睡呀!"狗不再嗅了,但是她知道它准是在耸起耳朵倾听着。

突然间,狗开始狂吠起来。它东冲西撞,声音把锡德吓得喊叫起来。"那是啥?出了啥事?"他从床上跳下来。"啥事都没有。只是古姆博伊。锡德,锡德!"她攥住他的胳膊,但是他把她甩开了。"天哪,准有点事。"锡德飞快地穿上长裤。威利·考克斯打开了后门。古姆博伊狂怒地一个箭步蹿到院子里,绕过房屋的拐角。"锡德,牧场里有个人!"另一个家伙吼道。"怎么回事?——怎么回事?"锡德飞跑到前面的阳台上去,"喂,米丽,拿灯来!威利,有个混蛋抢去了一匹马!"三个男人拉开门闩飞也似的冲出了房子。这一瞬间,米丽瞥见哈里森骑着锡德的马越过牧场,沿着大路飞驰而去。"米丽,把那盏该死的灯拿来!"

她赤着脚跑去,睡衣下摆呼啦啦地裹着腿。一眨眼的工夫他们就追他去了。她看见哈里森远远跑在前方,三个男人拼命在后面追。于是,一股奇特、疯狂的喜悦压倒了一切。她奔到大路上——摇晃着灯,在尘埃中笑啊,尖声叫啊,跳啊。"啊——啊!追他,锡德!啊——啊——啊!逮住他,威利!加油儿!加油儿!啊——啊!朝他开枪。开枪打死他!"

(1913)

# 小妞儿

在小妞儿看来,他的形象是这么可怕,她总是想躲开他。每天早晨上班前他都到儿童室来一趟,敷敷衍衍地亲她一下,她就还他一声"爸爸再见"。当她听到轻便马车的声音逐渐远去时,她是多么高兴地松了口气啊。

傍晚他到家的时候,她倚着楼梯扶手,听见他在门厅里大声嚷嚷:"把茶给我端到吸烟室去……报纸还没来吗?又让他们给弄到厨房里去了吗?孩子她妈,瞧瞧我的报在没在那儿——再把拖鞋给我拿过来。"

于是,妈妈就叫她了:"凯瑟娅,好孩子,听话,下来帮爸爸脱脱靴子。"小妞儿用一只手紧紧抓着扶手,慢慢腾腾地蹭下楼梯。穿过门厅时,她越发放慢了脚步,随后推开了吸烟室的门。

这时他已戴上了眼镜,从眼镜片上头望她的那副样子简直把她吓坏了。

"喂,凯瑟娅,快着点儿,帮我把靴子拽下来,拿到外边去。今儿乖吗?"

"我不——不——不知道,爸爸。"

"你不——不——不知道?你要是这么结结巴巴的,妈妈就得带你去瞧大夫了。"

她跟谁说话都不结巴——这个毛病已经完全好了——只是跟爸爸说话时,由于吃力地要把字咬清楚,所以就又结巴了。

"怎么回事呀?你干吗这么垂头丧气的?孩子她妈,我看你得教教这孩子,别让她老是一副活不下去的样子。……喏,凯瑟娅,把这茶杯放回桌上去,——当心着点儿,手怎么抖得像个老太婆!手绢要揣在兜里,别系在袖子上。"

"好——好——好的,爸爸。"

一到星期天,在教堂里,她总和他坐在同一条靠背长凳上,听他用嘹亮清晰的大嗓门唱歌;讲道的时候,瞧着他用一根蓝铅笔头在信封背面做札记——他的两眼眯成缝—— 一只手在前边那排长凳的靠背上悄无声息地打着拍子。他祷告的声音那么响亮,她相信准能比牧师的声音还要清楚地传入上帝的耳里。

他是多么大啊——他的手和脖子,尤其打哈欠时大大张开的嘴。独自待在儿童室里的时候一想起他来,她就像是看见了个巨人。

每逢星期天下午,姥姥就让她穿上棕色天鹅绒衣服,下楼到会客室去"跟爸爸妈妈说说话儿"。可小妞儿总看到妈妈在读着《随笔杂志》,爸爸呢,摊开身子躺在长沙发上,脸上盖着块手绢儿,一只脚搭在最考究的靠垫上,睡得那么香,都打起呼噜来了。

她端坐在钢琴凳上,一本正经地望着他。后来他醒了,伸伸懒腰,问是什么时候了——然后瞅了瞅她。

"别这么紧盯着看,凯瑟娅,你像只棕色的小猫头鹰。"

有一天,她感冒了,给关在家里。姥姥告诉她,下星期爸爸过生日,还出主意让她用一块漂亮的黄绸子做个针插送给他。

小妞儿用双股棉线吃力地缝好了三边。可是拿什么来填它呢?成问题了。姥姥又到园子里去了,她就自己溜进妈妈的卧室去找"碎布"。她在床头桌上发现了许多张好纸,就把它们收拢来,撕成碎片片,塞进她的套子里,然后缝死了。

当天晚上,家里闹得天翻地覆。爸爸为港口管理委员会准备的堂皇讲稿不见了。所有的屋子都搜了个遍,仆人们都被盘问过。最后妈妈到儿童室来了。

"凯瑟娅,我们屋桌子上有些纸,你没看见吧?"

"哦,看见啦,"她说,"我撕碎做礼物用啦。"

"怎么!"妈妈尖叫起来,"马上下楼到餐厅去!"

她被拽下来的时候,爸爸正背着双手,在屋里踱来踱去。

"怎么?"他厉声问。

妈妈一五一十地告诉了他。

他停下步子,惊呆地瞪着孩子。

"是你干的?"

"不——不——不是。"她喃喃地说。

"孩子她妈,到楼上儿童室去,把它给我拿来——马上打发这孩子上床去。"

她哭得顾不上解释什么了。于是就躺在遮暗了的屋子里,望着那从百叶窗缝隙里透进来的一缕晚霞在地板上勾勒出的凄凉的小图案。

她父亲拿着板子走进屋里。

"这件事我得打你一顿。"他说。

"啊,不!不!"她尖叫着,缩进被子里去。

他把被子掀开。

"坐起来!"他命令道,"伸出手来。得好好教训教训你,不是自己的东西不许碰。"

"可那是为你的生——生——生日啊。"

尺子落在她粉嫩的小手掌上了。

几个钟头以后,姥姥用披肩裹着她,坐在摇椅上摇啊摇的。小妞儿蜷缩着,紧贴在姥姥软软的身上。

"耶稣干吗要造爸爸呀?"她抽搭着。

"喏,这是块干净的手绢儿,宝贝儿,我洒过香水的。去睡吧,乖,明儿早上你就全忘啦。我一直想跟你爸爸解释,可他今儿晚上气得什么都听不进去。"

可这孩子总也忘不了。下回再看到他时,她把双手蓦地藏到背后,飞红了脸。

麦克唐纳一家人就住在隔壁,有五个孩子。傍晚,小妞儿从菜园的篱笆缝儿里瞥见他们在玩"捉人"。小娃娃麦克骑在他爸爸肩上,两个小姑娘拽住他的大衣后摆,围绕花坛兜着圈儿跑,笑得前仰后合。有一回她还瞅见男孩子们用胶皮管朝他滋水——用胶皮管朝他滋——他呢,一把逮住他们,将他们胳肢得打起嗝来。

这时候她断定,天下有各种各样的爸爸。

有一天,妈妈忽然病了,她和姥姥一起坐在关得严严实实的马车里,到镇上去了。

小妞儿独自留在家里,还有"总管"爱丽丝。白天还好,可是当爱丽丝打发她上床时,她突然害怕起来。

"我要是做噩梦可怎么办哪?"她问,"我常做噩梦,姥姥就把我抱到她床上去——我没法待在黑地儿里——到处都在窸窸窣窣地响……要是又做噩梦,可怎么办哪?"

"那你就接着睡呗,小家伙,"爱丽丝边说边拽下她的袜子,在床栏杆上抽打着,"可别像鸡猫子喊叫似的,吵醒你可怜的爸爸。"

可是她又做起以前做过的那个梦来了——屠夫举着菜刀和绳子,越逼越近,阴阳怪气地笑着。她却一点儿都动弹不得,只能直直地站在那儿。她嚷起来了:"姥姥,姥姥!"她浑身战栗着醒过来,看见爸爸正站在床前,手里拿着蜡烛。

"怎么啦?"他问。

"噢,屠夫——还有刀——我要姥姥。"他把蜡烛吹灭,弯下身抱起小妞儿,带着她穿过走廊到大卧室去。床上有张报纸,抽剩下的半截烟卷搭在台灯上。他把报纸胡噜到地板上。烟卷扔进壁炉,然后小心翼翼地替小妞儿掖好被子,就在她身边躺下了。她半睡半醒,满脑子都是屠夫狰狞的笑容。她迷迷糊糊地朝爸爸凑过去,把头偎在他胳肢窝下,紧攥着他的睡衣上身。

这样一来黑暗就不可怕了,她一动不动地躺在那里。

"喏,把脚在我腿上蹭蹭就暖和了。"爸爸说。

他乏透了,比小妞儿先睡着了。一种古怪的感觉攫住了她。可怜的爸爸!他毕竟不算怎么大——而且一个照料他的人也没有……他是比姥姥要厉害些,可也厉害得挺好……再说他每天都得去上班,他太累了,不能像麦克唐纳先生那样……她把他写的漂亮文章统统扯碎了……她猛然动弹了一下,叹了口气。

"怎么啦?"爸爸问,"又做梦了吗?"

"噢,"小妞儿说,"我的头贴在你胸口上哪,我听见它在跳。好爸爸,你的心多大呀。"

(1912)

**附:**

## 我爱《小妞儿》

萧 乾

有些作品读时也很喜欢,可过些时就淡忘了——题目也许还记得,甚至故事轮廓,然而作品的感情内涵却随着岁月而磨损以致消失了。有两个短篇小说几十年来对我总"阴魂不散":一篇是

· 蜜 月 ·

屠格涅夫的《木木》,另一篇就是曼斯菲尔德的《小姐儿》。六十几年前读《小姐儿》时抹过眼泪。最近重读它,心里还是酸溜溜的。

小姐儿鼻子眼睛什么样,作品里并没交代。然而她却真实得几乎摸得到:她多温顺,多腼腆,又多善良啊!当她的一片好心被当成狼心狗肺而受到委屈时,读者怎能不感到愤愤不平呢!人物要刻画得真切,就得从内心去着手。小说通篇都是由小姐儿角度写的。爸爸在她眼里变成了可怕的"巨人"。小姐儿挨了打之后,憨厚的姥姥抱着她摇啊摇。大人告诉她,世界是上帝造的,人也是上帝造的。她不禁哽咽着问姥姥:"耶稣干吗要造爸爸呢?"这个出自一个天真的小姑娘的微弱抗议是多么感人啊!姥姥告诉她,睡醒一觉后她就将忘记一切。但是她却将这次不合理的责罚牢记心头。她多么羡慕隔壁麦克唐纳一家人的天伦之乐。孩子们有的骑在爸爸肩上,有的拽住他的后摆,甚至用胶皮管儿朝他滋水,笑啊,胳肢啊,打闹成一团。

读《小姐儿》,好像听一阕德彪西的音乐诗,感到淡淡的哀愁,又好像一只毛茸茸的爪子,在轻轻地挠着我的心。

      1987 年 5 月 16 日

# 稚气却很自然

一

亨利也不知道究竟是他忘记了去年夏天戴这顶草帽时的感觉呢,还是打那以后他的头真的长大了。然而戴上去好难受,它箍住了前额,使太阳穴上端的两片头骨隐隐作痛。于是他在三等"吸烟车厢"找了个角落上的座位,摘下帽子,把它连同黑硬纸壳做的大文件夹和姑妈圣诞节送的手套,一起放在行李架上。车厢里有着浓烈的潮橡胶和煤烟的味道。再过十分钟火车才开呢,亨利决定下车到书摊上去瞧瞧。太阳透过车站的玻璃屋顶,射下细长的蓝色和金色的光束。一个小男孩儿托着一盘樱草花跑来跑去。人们——尤其是妇女——显得既慵懒又殷切。这是一年当中最令人振奋的一天,第一个确实带来春天信息的日子,连在伦敦人眼里都展现出了它那和煦宜人的美。它使每种色彩都那么鲜艳,赋予每个人的声音以新的腔调。市民走起路来,似乎隔着衣服也显出了身上着实充满的活力,那真正生气勃勃的心脏正在强有力地输送着血液。

亨利真是个大书呆子。他读过的书不多,藏书也还不上半打。但午饭时间,以及在伦敦的全部闲空,他统统消磨在查林十字街,跑遍了一家家的书店,他翻阅过的书籍,说来数目的确惊人。从他对书籍的那种爱惜劲儿,以及他跟一个个书店老板讨论书时使用的字眼之得体,你会以为他从吃奶时就在奶妈胸前竖起一本巨著哩。倘若你这样想,那可就大错特错了。亨利不论做什么说什么,都是那么专心致志的。那天下午他拿起一本英国诗选,他翻着翻着,忽然一个标题映入眼帘,"稚气却很自然"①:

---

① 《稚气却很自然》是 1799 年英国诗人柯勒律治(1772—1834)从德国写给他妻子的一封信中所附的诗,系模仿一首德国民歌《倘若我是只小鸟》而作,后来公开发表。

### 蜜 月

倘若我是只小鸟,
长着一双小翅膀,
亲爱的,我定要朝你飞翔。
无奈这只是空想,
我只好就地徜徉。

我在梦中飞向你,
与你形影不分离。
随心所欲梦境里,
醒来一场空欢喜,
孑然一身好孤寂。

君主下令也难留,
一觉醒来蒙蒙亮,
尽管睡意一扫光。
天明之前仍阖眼,
梦中继续去彷徨。

这首小诗他爱得简直不忍释手。使他陶醉的与其说是诗的辞藻,毋宁说是它整个的情调。那位诗人也许是大清早躺在床上,眼望着阳光在天花板上嬉戏时,写下的这首诗。"一片寂静,就是这样的,"亨利想,"我相信他是睡意蒙眬地写的,因为诗里含有梦的微笑。"他盯着那首诗,然后掉过头去背诵。第三节漏掉了一个字,再看上一眼,这样反复看了几遍,后来觉察到喊叫声和嘈杂的脚步声,才抬头一看,火车已经徐徐开动了。

"这可糟啦!"亨利赶快向前冲去。站上一个打旗吹哨的人正扶着车门呢,他好歹把亨利推进车去。……亨利刚一进去,门就"砰"的一声关上了。这不是"吸烟车厢",他的草帽、黑文件夹,以及姑妈圣诞节送的手套连影儿都不见了。对面的角落里,紧贴着板壁,却坐着一位姑娘。亨利不敢正眼瞧她,却意识到她准是在盯着自己。"她一定认为我是个疯子,"他思忖道,"连帽子也不戴就冲进车厢,而且是在黄昏。"他觉得自己真够可笑的。他坐也不是,站也不是。他双手插在衣兜里,皱着眉头凝眸看着勃尔顿寺院的巨幅照片,尽量装出若无其事的样子。他觉察出她在看自己,就向她轻瞟了一眼。姑娘旋即朝窗外望去。

亨利留意着她的一举一动,继续审视着她。她把脸贴向车窗,她的肩膀和面颊一半被波浪般的金盏花色长发掩住了。戴着灰布手套的一只小手攥住放在膝盖上的皮包。皮包上有两个缩写字母:E.M.;另外那只手挽着车窗的吊带。亨利还注意到,她手脖子上戴着一只银镯,坠着一只瑞士牛颈铃、一只小银鞋和一条银鱼。她身穿绿大衣,帽檐上饰有花纹。亨利把这一切都看在眼里,同时又念念不忘刚才那首诗的题目:"稚气却很自然"。"估计她是在伦敦上学哪,"亨利想道,"要么就是在什么写字间工作。哦,不会的,她还太年轻哩。而且,倘若已经工作了的话,她总得把头发梳拢才是。她甚至也没把头发扎在脑后。"他的眼睛简直离不开她那大波浪般的秀发。"'我的眼睛犹如一对醉蜂。……'啊,这一句究竟是我在什么地方读到的呢,还是我自己编出来的呢?"

这当儿姑娘掉过身来,与他的视线相遇,不觉飞红了脸。她低下头,以便用头发遮住自己腮帮上的红晕。亨利窘得厉害,脸也涨红了。"我得说句什么……非说……不可!"他伸手去脱帽,这才发觉自己并没戴帽子。他觉得怪好笑的。这下子反而壮起了胆。

"我——我很抱歉,"他笑眯眯地朝着姑娘的帽子说,"我得解释一下刚才为什么连帽子都没戴就那样冲进来了,不然我就不好继续跟你坐在同一个车厢里了。我准让你吓了一跳。刚才我还盯着你看来着——我只不过是有这么个糟糕的毛病,总爱盯着人看!你要是肯让我解释一下,我是怎么跑到这儿来的——当然不是盯着人看的事,"他笑了笑,"我就告诉你。"

她当时没有立刻作声,随后才羞答答地小声说:"没关系。"

火车把一片房顶的烟囱都抛在后面了。他们颠簸着驰进郊区,穿过黑魆魆的小树林、逐渐消失的田野,以及映在黄昏时分杏黄色天空下的水塘。随着火车的节奏,他的心怦怦直跳。他不能这么僵持下去。她静悄悄地坐着,藏在披散着的头发里。他心想,一定得让她抬起头来,了解他——起码也得了解他。他朝前探探身子。双手抱住膝盖。

"喏,我把我所有的东西——帽子、手套和文件夹——放在三等'吸烟车厢'里,然后就到书摊去转了转。"他解释说。

他正说着,她就抬起头来。他瞥见了她那双在帽子遮掩下的灰色眼睛,以及像两片金色羽毛般的双眉。她的嘴唇略启。他几乎是下意识地理会到,她戴着一束樱草花,脖颈儿白皙,在金灿灿的头发衬托下,她的脸形异常俊秀。"她多美呀!多么淳朴的美!"亨利的心这么吟唱着。那颗心随着这些赞赏越来越膨胀,像个奇妙的泡泡似的颤悠着——他生怕心会迸裂,连气儿都不敢出了。

"我希望文件夹里没有什么贵重的东西。"她一本正经地说。

"哦,只不过是几张从办公室里带回来的蹩脚的图样而已,"亨利轻松地回答道,"而且——帽子丢了,我倒挺高兴哩。它弄得我头痛了一天。"

"是啊,都硌出印儿来啦。"她说罢,几乎露出一丝笑容。

这句话为什么会让亨利顿时感到那么自在、那么高兴,兴奋得几乎发狂呢?他们两个之间究竟发生了什么事呢?其实,他们两个什么也没说,可是对亨利来说,这是一种充满生机的、暖烘烘的沉默,顿时使他从头颤到脚。"硌出印儿来啦。"——她这句精彩的话语,以一种奇妙的方式在他们两个之间建立起一根纽带。她的谈吐既然这么率直自然,他们两个就不可能是素不相识的陌生人了。而今她真的在微笑着哪。微笑起先在眼睛里跳跃,接着又从两腮爬上嘴唇,就停在那里。他朝后靠了靠,冲口而出地说:"人生多美好呀!"

这当儿,火车飞快地驶进了隧道。她的声音穿过轰隆隆的噪声传到他耳朵里。她朝前探了探身子。

"我不这么认为。不过,好久以来我就是个宿命论者了。"她顿了片刻又说,"好几个月了。"

他们颠簸着在黑暗中穿行。"为什么呢?"亨利嚷道。

"哦……"

于是她耸了耸肩,淡淡地笑着摇摇头,表示噪声太大,她无法说下去。他点点头,又把身子往后靠了靠。火车穿出隧道,四下里疏疏朗朗地有些灯火和房子了。他等着姑娘做些解释。但是她站了起来,扣好大衣纽扣,双手扶了扶帽子,身子稍微晃着。"我在这儿下车。"她说。亨利觉得这简直是不可能的事。

火车放慢了行进的速度,外面的灯光越来越

亮了。她朝车厢那头走去。

"喂,"他结结巴巴地说,"我再也见不到你了吗?"他也站了起来,一只手扶着行李架,"我必须再见到你。"火车快停住了。

她上气不接下气地说:"每天傍晚我都从伦敦坐车到这儿来。"

"你——你——你——真的吗?"他殷切得把她吓住了。他赶紧按捺住。我们握不握手呢?他脑子里闪过这个念头。姑娘用一只手扶着门把,另一只手拎着小皮包。火车停住了。她一句话也没再说,连看也没再看他一眼,就走了。

## 二

第二天是星期六——只上半天班——紧接着是星期日。到星期一傍晚,亨利已经等得筋疲力竭。他老早就在车站等候了。满脑子荒唐无稽的念头接踵而来,到哪儿都跟踪着他。"她并没有说搭乘的是这趟列车!""假若我迎上去,而她却不理睬我呢?""也许她有个伴儿吧?""你凭什么以为她后来又想到过你呢?""你要是真的见到了她,又对她说些什么呢?"他甚至祷告说:"主啊,倘若是你的意旨,就让我们见面吧。"

可这些全都无济于事。白烟飘向车站的屋顶——忽而消失,忽而缭绕的烟圈又摇曳而来。他望着这一切,如此微妙,如此恬静,并以这样神秘和优美的姿态浮动在喧嚣的人群之上。他却倏地平静了下来。他疲乏极了——只想坐下来阖上眼睛。"她不会来了。"——他既绝望又带着松释的心情吐出这几个字。就在这当儿,他瞥见她在离他不远的地方,手里拎着那只小皮包,正朝列车走去。亨利伫候着,不知怎的,他知道她已经看见了自己,但是他纹丝不动,直到她踱到他跟前,依然用羞涩的声音悄悄地问道:"东西找到了吗?"

"啊,我找到了,谢谢。"他用一种可笑的姿势把文件夹和手套拿给她看。他们肩并肩地走向列车,进了一节空车厢。他们面对面地坐下来,羞怯地微笑着,可是一声不响。火车缓缓地开动,逐渐加快速度,越来越平稳了。

亨利先开的口。

"我多蠢,"他说,"连你的名字都不知道呢。"她把一大绺披散到肩上的头发撩回去,他这才发

· 蜜 月 ·

觉她那戴着灰手套的手在瑟瑟发抖。他又注意到,她将双膝紧紧并在一起,极其拘谨地坐着。他也是这样——他们两个都竭力不让自己哆嗦得太厉害。她说:"我叫艾德娜。"

"我叫亨利。"

他们两个又沉默了半响,相互记清了对方的名字,琢磨了一番,并牢记心头。随后就不再那么怯生生的了。

"我现在想再问你一件事。"亨利说,他略歪着头,瞅着艾德娜,"你多大啦?"

"十六岁多了,"她说,"你呢?"

"我快十八岁啦。……"

"挺热的,你说呢?"她蓦地说,并摘下灰手套,一直用手捂住脸。他们的眼神里没有惧色——两人以一种豁出一切的镇静神色相互望着。要是他们的身子不那么愚蠢地发颤就好了!半边脸依然被头发挡住的艾德娜说道:

"你以前恋爱过吗?"

"没有,从来没有!你呢?"

"啊,我也从来没有过。"她摇摇头,"我甚至认为那是根本不可能的。"

底下这段话他是脱口而出的:"上星期五晚上以来,你都干些什么来着?整个星期六、星期日和今天,你都做了些什么?"

但是她没有回答——只是摇摇头,莞尔一笑,说:"不。你先告诉我。"

"我?"亨利喊道——他这才发觉,他自己也无从告诉她。他不可能重新去经受那度日如年的熬煎,于是也只得摇摇头。

"但是很痛苦,"他开朗地微笑道,"痛苦。"话音刚落,她就把手拿开,呵呵笑起来,亨利也陪她笑。他们两个笑得一点气力也没有了。

"真——奇怪,"她说,"你知道,我突然觉得好像已经认识你好几年了。"

"我也一样……"亨利说,"我想这准是由于春天的缘故。我觉得我吞下了一只蝴蝶——它在这儿呼扇着翅膀。"他用手捂着胸膛。

"着实奇怪的是,"艾德娜说,"我已打定主意不对任何男人感兴趣啦——我是说,学院里所有的姑娘们……"

"你在上学吗?"

她点点头。"职业学院,学习当秘书。"语气

· 蜜 月 ·

间带点鄙夷。

"我在一家事务所工作,"亨利说,"一位建筑师的事务所——一个小得可笑的地方,要爬一百三十磴楼梯。我常想,我们应该去造鸟窝,而不是盖房子。"

"你喜欢这一行吗?"

"不,当然不喜欢。我什么都不想干,你呢?"

"也是一样,我讨厌死那个学院了。……而且,"她说,"我妈是个匈牙利人——我相信,这就更使我讨厌它啦。"

亨利听了,觉得这是理所当然的。"那当然了。"他说。

"我跟妈一模一样。我和爹毫无共同之处。他只是……城①里的一个庸庸碌碌的人。但我妈却有一股奔放的热情,并且遗传给我了。她跟我一样厌恶我们目前的生活。"她停下来,皱了皱眉,"不管怎么说,我们却一点儿也合不来。——多可笑!——你说呢?我在家里孤单极了。"

亨利在聆听——可以说是在聆听,但他另外

---

① 原文作"City",指伦敦的商业及金融中心。

也在想着要她做点什么。他非常腼腆地说:"好不好请你——请你摘下帽子来?"

她露出惊异的神色。"要我摘下帽子?"

"是的——我想看看你的头发。只要能好好看看你的头发,我什么代价都肯付。"

她不大同意。"确实并不怎么……"

"哦,它确实美!"亨利嚷道。当她摘下帽子,略微甩了甩头时,他又说:"啊,艾德娜,世界上再也没有这么可爱的头发啦!"

"你喜欢吗?"她非常高兴,笑眯眯地说。她把头发散开来,像金色围巾一样披在肩上。"人家通常笑话我。颜色太怪啦。"但是亨利绝不这样看。她双手托腮,臂肘支在膝上。"我生气的时候,常常这么坐着。于是,就觉得这头发像是把我燃烧起来似的……你瞧我傻不?"

"不,不,一点儿也不,"亨利说,"我能理解你的心情。这是你用来对付一切乏味讨厌的事情的一种武器。"

"你究竟是怎么知道的? 真是这样呢。可你究竟是怎么知道的呢?"

"我就知道呗。"亨利微笑着,接着又大声说,

· 蜜 月 ·

"天哪！人们多愚蠢呀！你我都认识那么多小长舌妇。瞧瞧你也瞧瞧我。咱们两个待在这儿，那就够了。我找到了你，你也找到了我——事情很简单——咱们是自自然然地就结识了的。人生就是这样的——稚气却很自然。你说呢？"

"对——对，"她热切地说，"我一向就是这么认为的。"

"都是人们把事情搞得这么——无聊。只要能够离他们远远的，你就又安全又幸福了。"

"噢。我老早就这么想来着。"

"那么咱们两个可真想到一块儿去啦。"亨利说。事情妙得使他差点儿哭出来。他并没哭，却郑重其事地说："我相信世上只有咱们两个这么想。我敢说，确实是这样。谁也不理解我，我觉得自己好像生活在陌生人中间——你呢？"

"老是这么想。"

"咱们马上又要钻进那个讨厌的隧道啦，"亨利说，"艾德娜！准许我——摸一下你的头发吗？"

她赶快往后一缩。"啊，不，请你不要这样。"他们进入黑暗中的时候，她稍微移开了一些。

## 三

艾德娜!票已买好。音乐厅售票员看到我有钱似乎并未感到惊讶。三点钟在顶层楼座入口处等我。穿你那件乳黄色上衣,戴上珊瑚好吗?我爱你。我不愿把这信送到店铺里去,总觉得那些窗口挂着"信件招领"字样的家伙们在后厅里烧着一壶开水,会用蒸汽把信的封口嘘开。但这确实不要紧,对吗,亲爱的?星期天你能出来吗?假装去跟办事处的一个姑娘逛一天好了。咱们找个小地方碰头,散散步,要么就找一片可以观赏雏菊绽开的田野。我真爱你,艾德娜。星期天没有你简直没法过。星期六以前,小心别遇上车祸,不要吃任何罐头食品,也不要喝任何公共喷泉的水。就此搁笔,亲爱的。

我最亲爱的,好的,我星期六去那儿——星期天我也安排好了。真是天大的幸运,我在家里十分自由自在。我刚从花园里来。黄昏多么可爱。啊,亨利,我简直想坐下来哭上一场。今晚我多么爱你呀。有点傻——对吗?我要么高兴得笑个没完,要么伤心得哭个不停,而且为了同一个原因。但是咱们两个还这么年轻就结为知音了,对不?我现在送给你一束紫罗兰。天气很暖和。你眼下要是在这里多好,哪怕只有一分钟呢。晚安,亲爱的。

　　　　　　　　　　　艾德娜启

## 四

"安全,"艾德娜说,"安全!多么好的地方呀,你说呢,亨利?"

她站起身来脱去大衣,亨利伸过手去要帮她一把。"不——不——已经脱下来了。"她把大衣塞到座位底下,挨着他坐下,"咦,亨利,你拿着什么哪?花儿吗?"

"不过是两小朵玫瑰。"他把玫瑰花放在她膝上。

"我的信你收到了吧?"艾德娜边解开包花的

纸边问。

"收到了,"他说,"而且紫罗兰开得真漂亮。你应该来看看我的房间。我在每个犄角都插了一小枝,枕头上一枝,睡衣兜里也装了一枝。"

她朝他甩了甩头发。"亨利,把节目单给我。"

"在这儿哪——咱们一块儿看。我给你拿着。"

"不,交给我。"

"喏,那么我念给你听吧。"

"不,待会儿再还给你。"

"艾德娜。"他悄悄地说。

"啊,请不要这样,"她央求道,"这儿可不行——这么多人。"

他为什么这么渴望亲近她,而她又为什么这么介意呢?只要他们两个在一起的时候,他就想握住她的手;一道散步时,他要么想挽住她的臂,要么就想倚着她——不是那么紧紧地,只是肩挨肩地偎着她——但是她连这也不许可。不在她身边时,他总是那么如饥似渴地巴不得能贴近她。艾德娜呼出的气息似乎散发着一种慰藉和温暖,为了保持镇静,这对他来说是不可或缺的。可不,就是这样的。最使他心情平静不下来的是她总不让他亲近。但她是爱他的,这他知道。关于这一点,她为什么会有那么古怪的感觉呢?每逢他想碰碰她的手,哪怕只是表示一下这种愿望,她都往后退缩,并用乞求的、恐惧不安的眼神盯着他,仿佛他要伤害她似的。他们两个相互之间无所不谈。无疑地,他们彼此已许下了终身。可是他依然不能碰她。嗨,他连帮她脱脱大衣都不行。她的话音打断了他的遐思:"亨利!"

他紧紧抿着嘴,靠过身去倾听。

"我想对你解释一下。我要——我要——我一定——等音乐会完了以后。"

"好的。"他依然觉得委屈。

"你不伤心吧,伤心了吗?"她说。

他摇了摇头。

"不,你伤心啦,亨利。"

"不,真的没有。"他瞅了瞅她手里的玫瑰花。

"喏,你快活吗?"

"嗯。管弦乐队来啦。"

他们两个踱出音乐厅时,天色已经暗了下来。

蓝色的光网笼罩着街道的房屋,苍白的天空上飘浮着朵朵粉红色云彩。当他们离开音乐厅时,亨利感到他们是渺小而孤寂的。自从结识艾德娜以来,他头一次感到心情沉重。

"亨利!"她蓦地站住,凝眸望着他,"亨利,我不跟你一道去车站了。别——别等我啦。请你务必离开我。"

"天哪!"亨利吃了一惊,喊道,"怎么回事——艾德娜——亲爱的——艾德娜,我做了什么不对头的事啦?"

"哦,没什么——走开。"她掉过身去,蹿过马路,奔到广场上倚着栏杆,双手捂住脸。

"艾德娜——艾德娜——我的小心肝——你哭哪。艾德娜,我的小妞儿!"

她双臂倚着栏杆,方寸已乱地哽咽着。

"艾德娜——别这样——都怪我。我是个傻瓜——是个天大的白痴。我把你的整个下午都糟蹋啦。我愚蠢透顶,拙劣到家啦。叫你受了折磨。就是这么回事,对不,艾德娜? 看在上帝面上,别哭啦。"

"啊,"她抽噎着说,"我真不忍心这么伤害你的感情。每回你要求我让——让你握我的手,或是——或是吻我,我为了不肯这么做——不肯让你这么做,恨不得杀了我自己。连我也不知道为什么不肯。"她激动地说,"并不是因为我怕你——不是这样的——只是有那么一种感情,亨利,连我自己都不理解的感情。把你的手绢递给我,亲爱的。"他从兜里掏出手绢,"在音乐会上,我脑子里一直离不开这个念头,每回咱们见面,我都知道这事儿准会发生。不知怎的,我总觉得咱们一旦那么做了——也就是说—— 一旦彼此握了手,接了吻,情况就会完全不同了——我觉得咱们就再也不会像现在这么自由自在了——咱们就会干些鬼头鬼脑的事了。咱们就再也不是小孩子啦……这是个糊涂的想法。对吗?我跟你在一起就会感到尴尬了,亨利,就会难为情。我确实觉得,正因为你我就是你我,咱们不必来那一套。"她转过身来瞧着他,双手按着脸颊,他对这个姿势颇为熟悉。在她身后,像在梦幻中一般,他看到了天空、半轮白月、广场上那些蓓蕾尚未绽开的树。他一个劲儿地拧着手里的音乐会节目单。

"亨利!你真的理解我——对吧?"

"嗯,我想我是理解的。可是你见了我不会再怕了吧?"他勉强笑了笑,"咱们会忘掉这一切的,艾德娜。我再也不去提它了。咱们把那个妖怪埋在这个广场上——现在就埋——咱们两个——好不好?"

"可是,"她仔细端详他的脸,"这样一来,你对我的爱情会不会就淡薄了呢?"

"哦,不会的,"他说,"什么也不会——天底下没有任何东西会使我那样。"

## 五

伦敦成了他们的游乐场。每逢星期六下午,他们就到处去寻觅自己喜爱的角落。他们找到了自己的店铺,在那里买香烟和艾德娜的糖果;也找到了自己的茶馆,里面有自己的桌子。他们还有自己的街道。一天晚上,艾德娜本来该到综合性工艺学校去听课,他们却找到了自己的村子。是村名把他们吸引去的。"名字里有'白鹅'两个字,"亨利这么讲给艾德娜听,"流过一条河,低矮的小房子,老翁们坐在户外——装着假腿的老船长在给表上弦,还有窗户上燃着灯的小铺子。"

时间太晚了,他们不曾看到鹅和老翁,但是看到了河,还有房子,甚至点了灯的店铺。在一家店铺里,看到一位老妪把缝纫机放在柜台上干着活儿。他们听到了"咯嗒""咯嗒"的声音,看见她巨大的影子罩满了整个店铺。"连一个顾客站脚的地方也没有,"亨利说,"真是再好不过了。"

房子都很小,爬满了常春藤和各种蔓生植物。有些房前有陈旧的木阶通向门口,另一些房子得走下几磴台阶才能进去。马路对面就是河,家家隔着窗户都能看到它。河畔有条便道,长着几棵高大的白杨。

"这地方给咱们住太理想了,"亨利说,"这儿有所房子要出租。假若咱们提出想租,不知道他们肯不肯等。我相信他们会肯的。"

"对,我很想住在这儿。"艾德娜说。他们穿过马路,她倚着树干,带着梦幻般的微笑仰望那座空房。

"房后有座小花园,亲爱的,"亨利说,"有一片草坪,长着一棵树,沿墙是几丛雏菊。夜间,树上闪烁着繁星,像是小蜡烛似的。房子里面,楼下有两个房间,楼上是间有折扇门的大屋子,再上去还有阁楼。到厨房得下八磴台阶——黑得厉害,艾德娜,亲爱的,你把油灯拿来好不好?咱们睡觉以前,我只想知道尤斐米雅确实把火熄灭了。"

"对,"艾德娜说,"咱们的卧室在顶上边——就是那间有着两扇方窗户的屋子。四下里宁静的时候,远远地,咱们可以听到河水在流,听得见白杨树在响。亲爱的,哗哗的水声和沙沙的树叶声传得很远,一直传到咱们的梦境里。"

"你不冷吧——冷吗?"他突然说。

"不——不,只是很快活。"

"有折扇门的那间屋子是你的。"亨利笑了,"那是个四不像的地方——并不是个房间。里面摆满了你的玩具,壁炉前有一把蓝色的大椅子,你蜷缩在上面。炉火映照着你那金灿灿的鬈发。——因为尽管咱们结了婚,你还是不肯把头发拢上去,只是上教堂做礼拜的时候,才把它掖到大衣里面。地板上铺了一块地毯,好让我躺在上面,因为我太懒了。尤斐米雅——咱们的女佣——只在白天来。她走后,咱们就下楼到厨房去,坐在桌前吃苹果。咱们也许沏杯茶,就只为了倾听开水壶的吟唱。这可不是说笑话。假若你从头到尾仔细听烧开水的声音,那就像是春天的清早一样。"

"对,我知道,就像各色各样的鸟在叫。"

一只小猫钻过空房的栏杆,嗖地出现在路上。艾德娜喊着:"猫咪!猫咪!"弯下身,伸出双手。小猫朝她蹿过来,在她膝上蹭啊蹭的。

"咱们要是去散步的话,就抱起这只猫,把它放进前门里好啦,"亨利继续假定自己是这里的住户,"我带着钥匙哪。"

他们两个跨过马路,艾德娜停下脚步抚摸怀里的小猫。亨利走上台阶,假装开门。

他又急匆匆地下来。"咱们快走开吧,我生怕这会变成一场梦。"

夜晚是黑洞洞、暖洋洋的。他们两个不想回家。"咱们现在就该住在那儿,"亨利说,"我对这一点毫不怀疑。咱们不该等待。年龄算什么?你已经蛮大了,我也一样。你要知道,"他说,"我经常觉得坐着等待是危险的。假若你坐着等,你要的东西只会离你越来越远。"

"可是,亨利,钱呢?你也知道,咱们一点儿钱也没有。"

"噢,喏——要是我化装成一个老头儿,咱们或许可以在一座大宅子里混上个看管人的差事——一定很有意思。假若有人来瞧房子,我就编出一段关于它的可怕的故事,你可以装扮成幽灵,在荒废了的画廊里呜呜叫,扭着双手,好把他们吓跑。你有没有感到过,钱这玩意儿多少得碰运气——要是一个人真想要点什么,不是手头恰好有钱,就是有没有都无所谓。"

她没有搭腔——她仰望着天空说:"啊,亲爱的,我不想回家。"

"一点儿不错——问题就在这儿——咱们不该回家去。咱们该回到那所房子里去,随便找只碟子,把罐子底儿上剩的奶倒来喂喂猫。我并不是真正在笑——我甚至是不快活的。由于你的缘故,我感到孤寂,艾德娜——巴不得躺下来大哭它一场。"……他无精打采地加上一句,"把头枕在你的膝上,你那可爱的脸儿紧贴着我的头发,那么我就什么都在所不惜。"

"但是,亨利,"她说,挨近了些,"你有信心吗?我是说,你有十足的把握认为咱们将会有那样一座房子,要什么有什么——对不?"

"不够——那还不够。我恨不得此刻就坐在那台阶上,把脚上这双靴子脱下来。你呢?仅仅有信心你就够了吗?"

"咱们要是不这么年轻就好了……"她十分痛苦地说,"可是,"她叹了口气,"我感到自己并不太年轻——我觉得自己起码有二十岁啦。"

## 六

亨利仰卧在小树林里。他一动弹,枯叶就在他身下沙沙作响;头顶上,新叶颤巍巍的,恰似浴着阳光的绿色喷泉。艾德娜在他看不见的地方采着樱草花。这天早晨他满脑子都是些梦幻,对花的兴致就没有她那么浓了。"好的,乖,你去吧,再回来找我。我太懒啦。"她甩下帽子,先是跪坐在他身边,逐渐地,她的嗓音和脚步声越来越小了。除了树叶声,树林里静悄悄的,但是他知道她就在左近。他挪动了一下,这样手指尖就能触着她桃红色的上衣了。睡醒以后,他莫名其妙地感到自己并不曾真正醒过来,仿佛依然在幻梦中。

结识艾德娜之前是一场梦,眼下他和她一道在梦境里。在某个漆黑的地方,另一场梦在等着他。"不,这不可能是真的,因为我根本不能设想世界上没有咱们。我觉得咱们两个在一起是极其自然的事。就像树木、鸟群和云彩那么自然。"他试图追忆不认识艾德娜时自己是怎么感觉的,但是再也想不起那段日子了。它们被她遮住了。艾德娜以她那金盏花颜色的头发,奇妙的、梦幻般的微笑,占据了他的整个身心。他呼吸的是她;吃进去的,喝下去的也是她。他走路的时候,艾德娜的光圈与他形影不离;要么把世界搪开了,要么就将它所照耀到的一切都染上自己的美。"你笑完了以后,"他告诉她,"余音还在我的血管里缭绕老半天——可是——难道咱们是在做着一场梦吗?"突然间,他看见自己和艾德娜恍如一对小娃娃,走街串巷,贴着橱窗望,买东西来玩耍,说啊笑的——他甚至看到他们两个谈话时打的手势,站的姿势;他们往往是静静的,脸挨着脸——然后他翻过身去,把脸紧贴在落叶上——由于爱慕而差点儿晕过去了。他想吻艾德娜,把她拢在怀里,紧紧搂着,感觉到她的脸颊由于他的吻而红晕起来,他吻得自己连气儿都透不过来了,梦也就这么被他遏制住了。

"不,我不能老是这么饥饿下去。"亨利说。他跳起来,朝她踱去的方向奔跑。她已经走了好长一段路了。他瞧见她跪在一片绿油油的洼地上;她看到他后,就摆摆手说:"啊,亨利,多美呀!我从来没见过这么美丽的景色。过来看看吧。"当他走到她跟前的时候,他情愿剁掉自己的手,也不肯败她的兴。这一天艾德娜多么奇怪啊。她跟亨利说话的时候,两眼一直笑盈盈的;那双眼睛既温存又调皮。她的脸颊上闪烁着草莓般的两小块红晕。"我巴不得能感到累哩,"她不断地说,"我想步行全世界,直到死去。亨利,来呀。走快点儿,亨利!要是我突然开始飞起来了,你得答应抱住我的两只脚,好吗?不然的话,我就永远也不会下来了。"她又喊道,"噢,我真高兴啊!高兴得不得了!"他们两个来到一个石南丛生的幽静的地方。刚过晌午,阳光洒在一片紫色上。

"咱们在这儿歇会儿吧,"艾德娜说,她蹭到花丛中,躺了下来,"啊,亨利,这太可爱啦。除了铃铛一样的小花朵和天空,我什么也看不见。"

亨利跪在她身边,从她的篮子里取出一些樱草花,穿成长长的一串花环,好给她套在脖子上。"我都快睡着了,"艾德娜说,她朝他的膝盖凑过来,躺在他旁边,用头发遮住脸,"就像在大海底下一样,对吗?最亲爱的?那么甜馨,那么安静!"

"可不,"亨利用一种古怪的、嘎哑的嗓音说,"现在我给你做个紫罗兰花环。"但是艾德娜坐起身来说:"咱们进房子里去吧。"

他们两个折回到大路上,走了很长的路程。艾德娜说:"不,我可没法步行全世界,我这会子就累啦。"她沿着路畔的绿草,拖着脚步走,"咱们两个都累啦,亨利!还有多远?"

"我不知道——不怎么远了吧。"亨利说,朝远方望去。随后他们在沉默中走着。

"啊,"她终于说,"确实太远啦,亨利,我又累又饿。替我提着这篮讨厌的樱草花吧。"他连看都没看她一眼就把篮子接了过来。

他们两个总算到了一座村庄,有家挂着"供应茶水"招牌的茅舍。

"就是这个地方,"亨利说,"我经常到这儿来。你坐在小凳儿上,我去叫茶。"绚烂的花园里,一片白色和黄色的春花争妍,她在凳子上落座。一位妇女来到门口,倚在那儿瞧着他们吃。亨利对她和蔼可亲,可是艾德娜一声不吭。"好久不见你来了。"那个妇女说。

"是啊——花园真漂亮。"

"还不错,"她说,"这位小姐是你妹妹吗?"亨利点点头,抹了点果酱。

"长得有些像哩。"妇女说,她来到花园里,采了朵白长寿花,递给艾德娜,"你们可晓得什么人想租一座农舍?"她说,"我妹妹病了,把她的农舍交给了我。我想把它租出去。"

"租期长吗?"亨利文质彬彬地问道。

"哦,"妇女含含糊糊地说,"那要看情况喽。"

亨利说:"哦——我也许知道有这样的一位——我们去看看房子好不好?"

"好的。沿着这条路走去,不远就到了。是座前面有棵苹果树的小房——我给你取钥匙去。"

她走开后,亨利掉过身来对艾德娜说:"你来吗?"她点点头。

他们沿路而下,穿过院门,顺着长满了草的小径走去。两旁的树上,淡红色和白色的花儿盛开。那是座精巧的小房——楼上和楼下各有两个房间,艾德娜从楼上的窗户探出身去。亨利站在门道里问:"你喜欢吗?"

"喜欢!"她大声说,随即在窗口给他匀出地方,"来看看吧,景色好极啦。"

他来到那儿,也从窗口探出身去。下面,一片苹果树在微风中摇曳,艾德娜长长的一绺头发也被吹得掠过他的眼睛。他们两个纹丝不动。已是傍晚时分——淡绿色的天空上,星光点点。"瞧呀!"她说,"星星,亨利。"

"月亮马上就要出来啦。"亨利说。

她好像不曾动弹,但她却靠在亨利的肩上了;他用一只胳膊搂着她。"下面那些——都是苹果树吗?"她声音发颤地问道。

"不,亲爱的,"亨利说,"有些树上全是天使,另外一些树上长满了糖炒杏仁——但是傍晚的光线是极靠不住的。"她叹了口气:"亨利,咱们不该再在这儿待下去啦。"

他放开她。她在昏暗的房间里挺直了身子,

理理自己的头发。"这一整天,你怎么啦?"她说。不等他回答,她就跑过来,双臂搂住他的脖颈,把他的头按在自己的肩窝里。"噢,"她低声说,"我真爱你。抱住我,亨利。"他用胳膊拢着她,她紧紧贴着他,凝眸望着他的眼睛。"今天一整天多糟糕呀,不是吗?"艾德娜说,"我早就明白是怎么回事。我曾想尽一切办法向你表明,我巴望你吻我——我已经完全克服了那种感觉。"

"你太好了,太好了,太好了!"亨利说。

## 七

"问题是,"亨利说,"我该怎样等到傍晚呢?"他从衣兜里掏出表,走进农舍,把表撂在壁炉架上的一只瓷罐里。不出一个小时他已看了七次表,现在却记不得是几点钟了。喏,再看一遍吧:四点半。她那班火车七点钟到。六点半他就得动身去车站,还要等上两个钟头。他又在农舍里楼上楼下转了一圈。"看上去蛮可爱的。"他说。他到花园里去采了一大束白色石竹花,插在艾德娜的床头柜上的花瓶里。"我不相信这个,"亨利思忖道,"我一点儿也不能相信,绝不会那样。不出两个钟头她就准会到这儿来,我们一道走回家去。然后我就拿起厨房桌上那只白罐子,到对面比迪太太家去取牛奶,再走回来。我回来时,她已经点上了厨房里的灯,我隔着窗户看见她在一片灯光中踱来踱去。接着我们就吃晚饭,饭后(一大堆杯盘我来洗!)我给壁炉添上些柴火。接着,我们两个坐在壁炉前的地毯上,望着熊熊的火苗出神。除了木柴噼噼啪啪响,四下里寂然无声,也许会悄悄地袭来一股风。……于是我们点上蜡烛,她先上楼,身边的墙上映出她的影子。她道声:'晚安,亨利。'我就回答说:'晚安,艾德娜。'于是我冲上楼去,跳上床。我凝望着从她的房间透出来的一线灯光掠过我的房门。那光一消失,我就闭上眼,一觉睡到大天亮。整个明天都是我们的,接着又是一天,又一天的夜晚。她是不是也在想着这一切呢?艾德娜,快来呀!"

倘若我是只小鸟,
长着一双小翅膀,
亲爱的,我定要朝你飞翔……

"不,不,最亲爱的。……这种等待也像是在天堂里一样,亲爱的。你要是能了解这一点就好了。你可知道农舍也会翘盼吗,咱们这所就正是这样。"

他下了楼,坐在门前的台阶上,双手抱着膝头。那天晚上,当他们两个找到这座村庄时,艾德娜曾问道:"亨利,你有信心吗?""那时我没有,现在我有了,"他说,"我感到自己就像是上帝一样。"

他把头倚在门框上。他几乎睁不开眼睛,并不是由于发困,而是……由于别的缘故……过了好半晌。

亨利觉得仿佛看见一只大白蛾沿着马路飞过来,落在院门上。不,那不是蛾,而是个穿围裙的小妞儿。多俊俏的小妞儿呀。他睡意蒙眬地微笑着,她也笑眯眯的,踮起脚尖走了过来。"但是她不可能住在这儿,"亨利思忖道,"因为这是我们的房子。她来啦。"

她走到他跟前,从围裙底下伸出手,递给他一份电报,嫣然一笑,就走掉了。好个稀奇的礼物!亨利一边盯着它,一边想道。"说不定这是一份假电报哩,里边装着一条蛇,朝你蹿过来。"他在幻梦里柔声笑了,倍加小心地拆开来。"这只是一张折叠起来的纸。"他把纸掏出来摊开。

花园里阴影幢幢——它们织出一张黑网,笼罩住农舍、树木、亨利和电报纸。但是亨利一动也没有动。

(1914)

# 起 风 了

她蓦地——惊惧地——醒来了。出了什么事？出了可怕的事。不——什么事也没出。只不过是风在摇撼着房子,刮得窗户发出嘎啦啦的响声,使屋顶上的一块铁皮"砰砰"作响,连她的床都颤动了。树叶子翩然掠过窗户,腾空而去。下边,路面上的一整张报纸被吹起来,像断了线的风筝,在半空中晃动,又落下来,挂在松树上。好冷啊,夏季已过——入秋了——万物都变丑了。大车吱扭吱扭地响着,左摇右摆着前进。两个中国人用扁担吃力地挑着沉甸甸的菜篮子,一颠一颠地走着——他们的辫子和蓝布大褂迎风呼扇着。一条瘸腿白狗惨叫着从大门前过去。全完了！什么完了?噢,一切的一切!她手指发颤地编起辫子来,连镜子也不敢照。妈正跟姥姥在门厅里说着话儿哪。

"十足的笨蛋!想想看,这种天儿还把东西晾在外面绳子上。……这会儿我那最好的特纳里夫小台布①准碎成一条条的了。这是什么怪味儿?麦片粥煳啦!天哪——瞧这风刮的!"

十点钟她有堂音乐课。一想到这儿,贝多芬的降调乐章就开始在脑子里萦回起来。那颤音悠长而瘆人,像是几只小拨浪鼓的声音。……隔壁的玛丽·斯温桑跑进花园去采菊花,怕它们给风刮坏了。风把她的裙子都吹到腰上边去了。她试着把它按下去,弯下身,掖在胯间,但是白搭——又撩起来了。周围那些树和灌木丛都朝她刮来。她尽快地采着,可她方寸已乱,根本顾不上自己在干什么——把花茎连根抓住,又撅又折,还跺着脚骂。

"天哪,把大门关紧!从后面绕着走!"什么

---

① 特纳里夫是加那利群岛中最大的岛屿,在靠近非洲西北岸的大西洋海面上。小台布指该岛所产下午喝茶时铺的台布(teacloth)。

· 蜜 月 ·

人在嚷。随即又听见包济①的声音:

"妈,您的电话。电话,妈,是肉铺老板打来的。"

生活多么可怕——烦人,简直让人厌烦。……这会子她的帽带又"啪"的一声断啦,怎么能不断呢! 她换上一顶扁圆旧毛线帽,从后门溜出去。可还是给妈看见了。

"玛蒂尔达,玛蒂尔达! 马——上——回来! 你头上顶了个什么东西? 看上去像个茶壶套儿。干吗脑门上还耷拉着那么一撮毛?"

"我不回来,妈,上课要晚啦。"

"给我马上回来!"

就不。她就不。她讨厌妈。"去你的。"她大叫着,沿着大路跑起来。

大团大团翻腾着的尘土像惊涛骇浪,如乱云滚滚,还夹杂着些稻草、谷壳和粪肥屑,针扎似的

---

① 包济是作者的胞弟莱斯利的小名,他也叫朱米。第一次世界大战期间,包济从新西兰赴前线途中曾在伦敦与作者小聚。姐弟俩阔别七年后得以畅叙惠灵顿的往事。作者在此文中回顾他们在新西兰一起度过的童年。1915 年 10 月 4 日,此作发表在《签名》杂志上。7 日,包济不幸在法国一次军事演习中遇难身死。

迎面扑来。各家花园里的树都在大声吼叫着,她站在路尽头,布伦先生的门外,可以听到海在呜咽:"啊!……啊!……啊啊!"可布伦先生的客厅里却静得像个洞穴。窗子紧闭,窗帘半掩。她没来迟,比她先来的那个女孩刚刚开始弹奏麦克道尔①的《致冰峰》。布伦先生隔着那个女孩似笑非笑地朝她望了望。

"坐下吧,"他说,"坐那边沙发角上,小姐。"

他多逗。他并不真朝你笑……可就是有那么点儿意思。……噢,这儿多清静。她喜欢这屋子。有股花纹哔叽②、陈烟和菊花的香气……壁炉上,鲁宾斯坦③苍白的相片后面有一大瓶菊花……相片上写着"赠罗伯特·布伦好友"。……乌光闪闪的钢琴上端挂着一幅名画《孤独》——一位肤色浅黑、黯然神伤的白衣妇女,双手托腮,盘腿坐在石头上。

"不,不对!"布伦先生说着,向那个女孩伏下身去,双臂从她肩头伸过去,替她弹这段曲子。傻

---

① 麦克道尔(1861—1908),美国钢琴家、作曲家。
② 原文作"art serge",染有雅致花纹的哔叽,用作台布。
③ 鲁宾斯坦(1861—1908),美国钢琴家、作曲家。

里傻气的——她竟脸红了!多可笑!

这会儿她前面的那个女孩子走了。大门"砰"的一声关上后,布伦先生走回来,在屋里轻轻地来回踱步,等着她。真是怪事,她的手指抖得连装乐谱的背包上的结子都解不开了。全怪这风……心也跳得厉害,她觉得罩衫准在一起一伏。布伦先生什么也没说。红色的旧钢琴凳长得足够两个人并肩坐着,布伦先生在她身边坐下来。

"我先练练指法吗?"她问道,两只手攥在一起,"我也练过几节琶音。"

可他没搭腔。她相信他连听都没听见……然后他那戴了戒指的白嫩的手倏地伸过来,翻开了贝多芬。

"还是来点儿大师的吧。"他说。

可是他干吗说得这么和善呢——和善得厉害——仿佛他们已经相识好多好多年了,彼此都很熟悉似的。

他慢腾腾地翻着乐谱。她看着他的手——多么细嫩的一双手呀,看上去总像刚刚洗过的。

"就是这儿。"布伦先生说。

噢,这么和善的声音——啊,那节降调乐章,小拨浪鼓的声音又响起来了。……

"要不要弹弹复奏的部分？"

"好的，好孩子。"

他的声音真是太、太和善了，那些四分音符和八分音符在乐谱上跳上跳下，犹如一些小黑孩儿在篱笆上蹦着似的。他干吗这么……她决不哭——她没什么可哭的。……

"怎么了，好孩子？"

布伦先生握住了她的手。他的肩就在那儿——刚好挨着她的头。她略微靠过去，面颊蹭着了松软的花呢。

"生活真可怕。"她喃喃地说，可她一点儿也不觉得它可怕。他在说些什么"等一等"啦，"注意拍子"啦，"多么罕见啊，一个女人"啦，可她没听见。好惬意……永永远远地……

突然，门开了，玛丽·斯温桑蹿了进来，她来早了好几个钟头。

"小快板还得再快一些。"布伦先生说，他站起身来，又开始踱来踱去。

"坐在沙发角上吧，小姐。"他对玛丽说。

风啊，风啊。一个人待在自己屋里真是可怖。

床、镜子,还有那白瓦罐和脸盆全像外面的天空一样亮晃晃的。这张床就够吓人的,它躺在那儿,沉睡着……妈动没动过这样的念头:她会把被子上那堆袜子统统补好?它们乱缠在一起,活脱像盘成一团的蛇。她才不干呢。不,妈。我不明白干吗非得由我来补。……风啊——风啊!烟囱里冒下来一股煤灰的怪味儿。有人给风写过诗吗?"我把鲜花捎给叶子和骤雨"①……多无聊。

"是你呀,包济?"

"到海滨大道去遛一圈吧,玛蒂尔达。我再也受不了啦。"

"好吧,等我穿上外套②,天气糟透啦!"包济的外套和她的一样。她边扣领子上的纽扣边照镜子。她脸色惨白,他俩的眼睛里同样地充满激情,嘴唇同样地火热。他俩认得镜子里那两个人。待

---

① 这是模拟英国诗人雪莱(1702—1822)的名诗《云》第一、二行,原诗作:"我从海河把新鲜的骤雨,捎给干渴的花儿。"
② 原文作 ulster,一种长外套,通常有腰带,也有带帽子的。做这种外套的粗呢料原产于北爱尔兰奥斯特尔(Ulster)郡,故名。

会儿见,亲爱的,我们这就回来。

"这样好一些,对吗?"

"扣上了。"包济说。

他们怎样也走不快。他们低着头,两腿磕磕碰碰的,像心里有急事的人那样跨着大步,穿过镇子,沿着茴香萋萋、曲里拐弯儿的沥青路走上海滨大道。天快黑了——眼看就黑了。风刮得好凶啊,他们得挣扎着才能往前走,像两个老醉鬼那样打着趔趄。海滨大道上那些可怜的小野花全给刮得匍匐在地了。

"过来!过来!凑近点儿。"

防波堤后边,海面升得老高。他俩摘下帽子。她的头发被吹得掠过嘴边,有一股咸津津的味儿。海浪高得浪花都溅不起来了,只是轰然撞在这堵粗糙的石堤上,把那杂草丛生、湿淋淋的石阶也吞没了。猛地,一面绮丽的水帘冲了过来,掠过海滨大道。他们一下子给水珠罩住了,她嘴里满是湿漉漉、凉冰冰的味儿。

包济正在变嗓子。他说起话来声音忽高忽低的。多逗呀——招人笑——然而刚好适合于这天气。风把他们的声音捎走了——说出来的句子像小窄条的缎带那样飘开去。

"快点儿!快点儿!"

天色完全黑下来了。港湾里,储煤船上挂着两盏灯——一盏高高地悬在桅杆上,一盏在船尾。

"看哪,包济,看那边。"

是一艘黑色大轮船,拖着股长长的烟,正驶出海面。船舱的窗洞里亮光闪闪,整个船身灯火辉煌。风拦不住它。船冲破波涛,向两边是巉岩峭壁的港湾口驶去,驶向……灯光映照下,它显得出奇的瑰丽神秘。……他俩正站在甲板上臂挽臂倚着船栏杆哩。

"……他俩是谁呀?"

"……姐弟俩。"

"看哪,包济,镇子就在那儿。看上去挺小吧?邮局在敲最后一遍钟啦。那回刮大风咱们就是沿着那条海滨大道散步的。你还记得吗?那天我上音乐课还哭来着——多少年前的事了啊。再见,小岛,再见吧。……"

现在黑夜张开翅膀笼罩住翻腾的海水。他俩再也看不见那两个了。再见,再见,别忘了。……

可是此刻船已消失了。

　　风啊——风。

(1915)

# 春 景

一

正下着雨。软绵绵的水珠子大滴大滴地溅在人们的手上和腮帮子上;大水珠子热乎乎的,像融化了的星星。"玫瑰花咧!百合花咧!紫罗兰咧!"一个丑婆子在街头哇啦哇啦喊着。可是用绿色绉纸裹着的百合花束,倒更像是蔫了的菜花。她吱扭吱扭地推着独轮车,来回踱着。车上散发出一股令人作呕的臭味。谁也不想买。你得在马路中心走,因为人行道上没有地方。每一爿店铺都堆满了货物;家家铺子都用沾上手垢的花边和脏缎带招徕顾客,想叫你看了动心。有几张桌子,上面摆着各种玩具:大炮啦、士兵啦、飞艇啦。也有些镜框,里面装着搔首弄姿的美人儿。大箩筐里,蛋糕般的淡黄色草帽堆成了金字塔,再有就是一串串五颜六色的长靴和鞋子,小得谁都穿不下。一家店里满是叠成方形的雨衣:蓝色的是给女孩穿的,粉红色的是给男孩穿的;中央都印着个娃娃。……

"玫瑰花咧!百合花咧!漂亮的紫罗兰咧!"丑婆子颤悠悠地叫卖着,她撞在一辆手推车上了。但是手推车纹丝未动,车上是堆积如山的莴苣。车主是位胖胖的老妪,她伸开四肢,把鼻子埋在莴苣根部酣睡着。……谁会来这儿买东西呢!……小贩统统是妇女。她们神情恍惚,坐在小帆布凳上发呆。不时地站起一个来,抄起一把活像冒烟的火炬般的羽毛掸子,在一两样东西上轻拂一下,然后又坐了下来。一位大腹便便、戴橘红框眼镜的老头儿来回转着那插了"滑稽片"的售货轴,拿不定主意该……

蓦地,从拐角上一间空荡荡的铺子里传来了钢琴声,还伴着小提琴和笛子。店铺的窗户上,字迹潦草地写着:"时新歌曲,请上一楼,不收门票。"一楼的窗户敞开着,可谁也不想上去看看,当刺耳的歌声在带雨的热空气里飘荡时,人们只咧嘴笑笑,一路溜达着。门口站着个瘦子,穿着双破了个洞的毡拖鞋,绽了线的帽檐上还插了根羽毛。瞧他有多么神气!羽毛挺够气派。配着金肩章,镶了盘花纽扣的大衣,白羊毛手套,镀金手杖。他就凭着这么一身打扮,摇摇摆摆,胸膛里发出浑厚、洪亮的声音。

"来呀!来呀!来听时新歌曲呀!个个都是誉满欧洲的名歌唱家。乐队也是顶呱呱的。随便您高兴听多久,可别错过这个空前绝后、千载难逢的机会呀!"但是谁听了都无动于衷。他们干吗要去理会呢?对那些丫头们——那些名演员,他们是一清二楚的。一个身穿奶油色开司米,另一个穿的是一身蓝。她俩都有着深色鬈发,耳端别一朵粉红色玫瑰。……他们也熟悉钢琴师脚下那双有着一排纽扣的长靴:踏琴板的左脚,由于大脚拇趾囊肿胀,靴子都绽开了。小提琴手那咬过的指甲,吹笛子的那过长的袖口——这一切都跟那时新歌曲一样老掉了牙。

乐曲演奏了好久,得意扬扬的吆喝也延续了

好久。随后,不知什么人朝楼下喊了一声,于是那个依然神气十足地招徕顾客的人便没了踪影。没人喊叫了。钢琴、小提琴和笛子的声音也越来越小,恢复了宁静。只有一楼镶花边的窗帘在摇曳着,略显着一点生气。

雨仍在下着,天黑下来了。"……玫瑰花咧!百合花咧!谁买我的紫罗兰呀?……"

## 二

希望!你这个可怜虫——多愁善感、形容枯槁的女性!把最后一根弦拨断,别再奏下去了。你无止无休地胡奏一气,快把我逼疯啦。琴一拉,我的心就怦怦乱跳,微弱的脉搏就跟着打起拍子。这是早晨。我躺在空荡荡的床上——这张床大得像一片田野,也像田野那么寒冷,那么无遮无拦。阳光隔着百叶窗,从河面上升起,颤悠悠地打着涟漪,漫过顶棚。从门外传来锤子敲打的声音,楼下,远远地,一扇门开了,又关上了。这是我的房间吗?叠起来搭在扶手椅上的衣服是我的吗?我的表在枕头下嘀嗒着,那是一个孤独女人的标记和象征。门铃响了。啊!终于盼到了!我跳下床去,奔到门口。弹得再快一点——再快一点——有希望啦!

"小姐,您的牛奶。"门房严肃地朝我望着。

"啊,谢谢你,"我大声说,一面快活地摇晃着奶瓶,"没有我的信吗?"

"一封也没有,小姐。"

"可是邮递员——他来过了吗?"

"来过了,小姐,足有半个钟头啦。"

关上门,在狭窄的过道里站了一会儿。听,听她那讨厌的拨弦声。哄哄她——巴结她——央求她再奏一遍那支可爱的小曲。但是徒然。

## 三

河对岸,一个女人走在堤边的窄石径上。她从码头的台阶上走下来,一只手按着臀部,慢慢地踱着。黄昏可美哪。天空是紫丁香色的,河水像紫罗兰的叶子。石径旁耸立着翠绿欲滴的大树,沐浴在颤动的阳光下。船身跳上跳下,卷起浪花,几乎冲到她脚边。这时,她停了下来,接着又猛地掉过身去。她倚着树身，双手遮着脸——她在哭泣。如今她又踱来踱去，绞着手。她又背靠着树，抬起头，双手紧抓着树身，仿佛是在倚着心爱的人儿似的。她披着一小块灰色披肩，用披肩的两头蒙着脸，来回摆动着身子。

但是人总不能哭个没完啊。所以她终于变得庄重而安详了，把头发捋顺，将围裙摩挲平。她踱了一两步。不，时间还不到，还不到！她又扬起双臂——跑了回去——再一次影影绰绰地贴在一棵高大的树身上。房子里面映出一方块一方块金色的光。透过嫩叶的缝隙，街灯闪烁。淡黄色的光跟在颠簸着的船身后面散开。转眼之间，她那倚着树身的形象变得模糊了，融成一片灰白与黑色，融化到岩石的暗影里。接着，她就不见了。

（1915）

# 孟浪的旅行

一

她长得像圣女安妮。是啊,公寓的管理员活脱儿像是圣女安妮:头上蒙着黑布,垂着一绺绺灰发,手持一盏冒着烟的小灯。我朝圣女安妮微笑着,心里想,她真美啊! 这时,她严肃地说:"六点钟啦。你的时间很紧。写字台上有一碗牛奶。"我赶快脱掉睡衣,一头扎进一盆冷水里,就像法国小说里任何一位英国夫人一样。管理员相信我正在走向牢房,将死在刺刀之下。她打开了百叶窗,冷峻皎洁的光线透了进来。一艘小汽艇正嘟嘟嘟地在河上吼啸着,一辆双驾马车疾驰而过。湍急而打旋的流水;远处黑魆魆的几棵高树,像是挤在一起聊天的黑人。我边扣上那件老掉了牙的柏帛丽大衣①的纽扣,边思忖道:真是不祥啊。这件柏帛丽非同小可。它不是我的,是我向一位朋友借来的。它原是挂在她那黑暗的小小过道里,我偶然瞅见它,心想:我正需要这么一件呢!一件旧柏帛丽——穿上它就谁也认不出我来了,而且多么合身。穿上柏帛丽足以对付狮子。在大风大浪的海上,妇女裹上它,就曾被人从没篷的小船里救上岸。在我看来,一件旧柏帛丽就是一位可敬的旅客的标记和象征。于是,我就决定用我那身领子和袖口都镶着真正的海豹皮的紧口连衣裤跟她换了。

"你永远到不了那儿。"管理员注视着我把领子翻起来,说道,"永远也不!永远也不!"我跑下响着回声的楼梯——声音真怪,活像是睡意蒙眬的女仆在钢琴键上胡乱滑动着手指——直奔码头。"干吗跑得那么快,我的小美人儿②?"一个穿

---

① 英国的柏帛丽公司所产的防水大衣。
② 原文为法语。

花短袜的可爱的小男孩问道。他正在上端有几盏荷花蕾形电灯的地铁拱门前面跳舞哪。哎呀！连向他飞个吻都来不及了。当我抵达火车站时,只剩下四分钟了。站台入口处,士兵们挤得水泄不通。他们一手拿着黄纸,肩上扛着凌乱的大行李囊。警官站在一边,一个不知名的官员站在另一边。他肯放我过去吗？肯吗？他是个老人,臃肿的胖脸上满是大瘊子。鼻梁上架着一副角质框眼镜。我战战兢兢地做了一次努力。在递证件时,我使劲做出清晨最甜蜜的微笑。但是薄薄的纸张呼啦呼啦地碰着眼镜的角质框,掉下去了。尽管如此,他还是放我过去了。我撒腿就跑,混在士兵当中跑了进去,爬上高高的梯级,进了涂成淡黄色的车厢。

"这趟车能直接开到 X 吗?"我问检票员。他用钳子剪了我的票,递回来,说:"不,小姐,你得在 X.Y.Z.换车。"

"在……?"

"X.Y.Z.."

我还是没有听清楚。"劳驾,我们什么时候到呢?"

"一点钟。"但是这对我无济于事。我没有表,哦,只好——等下再说啦。

啊!火车开动了。火车载着我开出车站,经过菜园子、门窗紧闭、等待招租的高房子,经过那些正在敲打地毯的仆役。太阳已经升起来了,在田野里漫步着,照红了河流,给水池子镶上了红边;阳光落在晃晃悠悠地行进中的火车上,它抚摩着我的手笼,提醒我脱下那件柏帛丽。

车厢里并不止我一人。对面还坐着位老妪,裙裾撩到膝盖上面,戴着一顶黑色网织的软帽。她那双箍着一只结婚戒指和两只纪念戒指的胖乎乎的手里拿着一封信。她慢吞吞地琢磨着一句话,随后抬头看看,并向窗外眺望,嘴唇微颤着。接着又读另一句。那张苍老的脸再一次转向亮光,吟味着。……两个士兵从车窗里探出身去,他们的头几乎挨在一起——一个在吹口哨,另一个用生了锈的别针把大衣别起来。铁路沿线到处都是士兵。有的在干活,有的倚立在货车旁,要么手扶屁股站着,两眼盯着火车,似乎指望每个窗口至少都有一架照相机。这时火车正行经一片大木棚,有如临时搭起的舞厅或支在海滩上的帐篷。

· 蜜 月 ·

每座木棚上面都飘着一面旗子。红十字会的工作人员走出走进,伤员倚墙而坐,晒着太阳。在所有的桥梁、道岔和车站,都有一位小个子士兵①,只看得见他们的长靴和刺刀。显得那么孤独凄凉,活像是一小幅漫画,等着有人在下面题些可笑的话。难道真会有什么战争吗?难道这些朗笑着的人们真的会统统打仗去吗?这些被白桦和白蜡树干神秘地点亮了的黑魆魆的森林,这些上边飞着大鸟、地上汧流阡陌的田野,这些沐浴在阳光下的碧绿湛蓝的河流——难道会变为大动干戈的沙场吗?

我们路过的是多么美丽的墓地啊!它们愉快地熠熠辉映在阳光下。坟上好像长满了矢车菊、芙蓉红和雏菊。这个季节,怎么会有这么多花呢?但是它们并不是花,而是扎在士兵坟墓上的一束束缎带。

我抬头望了望,正和老妪的目光不期而遇。她泛着微笑,折起了信。"是我儿子写来的——打从十月以来,这还是头一封。我要给媳妇

---

① 原文为法语。

捎去。"

"……?"

"嗯,好极了。"老妪说,她将裙裾抖下去,把篮子挎在胳膊上,"他要我给他寄几块手绢儿和一根粗绳。"

我该换车的那个车站叫什么来着?也许我永远也不会知道。我站起身来,双腿交叉站着,胳臂倚在窗框上。一边的腮帮子热辣辣的,就像儿时去海边的路上。等打完仗,我得弄条游艇,沿河漂流,带上一只白猫和一钵木樨草做伴。

军队沿着山麓排成纵队行进,在阳光下红红蓝蓝地闪烁着。远处,更多的人骑着自行车驰来,清晰地映入眼帘。但是,我心爱的法国①,这种军服太好笑了。你的士兵们就像色彩鲜明而傲慢无礼的图案一般在你心中留下了印记。

火车减慢了速度,停下来了。……除了我,大家都下了车。有个大男孩显得非常友善。他用根绳子把木鞋绑在背上,锡质酒杯里漆着难以名状的鲜艳的粉红色。去 X 是不是要在这里换车?

---

① 原文为法语。

· 蜜 月 ·

另一个士兵的军帽从潮湿的纸罩下面露了出来,他一下子就把我的手提箱拎下去了。士兵们多么可爱!"多谢,先生,你真是太可爱了。"①"不是这条路。"一个上了刺刀的士兵说。"也不是那条。"另一个说。于是,我就跟在人群后面走。"小姐,你的护照……""我,爱德华·葛雷爵士……"②我跑过泥泞的广场,走进一家小吃店。

这是一间绿色的屋子,一座炉灶凸了出来,两边摆着桌子。五颜六色的瓶子把柜台装饰得很漂亮。一个妇女胳膊交叉在胸前,倚着柜台。隔着敞开的门,我看见厨房里,一个身穿白衣的厨师正往碗里打鸡蛋,将壳扔到角落里。墙上挂着顾客红红蓝蓝的大衣,短剑和皮带则堆放在椅子上。天哪!多么喧嚣啊。和煦的空气似乎都破碎了,随着声浪颤悠起来。一个面色异常苍白的小男孩,从这张桌子奔到那张,问顾客要些什么,并给我倒了一玻璃杯紫色的咖啡。盛在平底锅里的鸡蛋还嗞嗞响着呢。那女人从柜台后面冲出来,着

---

①② 原文为法语。

手帮小男孩的忙。她安抚那些不耐烦地扯着大嗓门的人说:"马上就来,马上就来!"①传来了盘子的咔嗒声,以及啪啪地拔软木塞的声音。

突然间,我看见有人提着一桶鱼站在门口——带斑纹的褐色鱼,就像是在玻璃缸里美丽、茂密的海藻林之间游来游去的那种。他是个老人,穿着破破烂烂的短大衣,谦恭地站在那儿等候主顾。稀疏的胡子垂到胸前,乱蓬蓬的眉毛下面的眼睛,俯视着自己所提的桶。他看上去仿佛是从哪一幅圣画中溜出来的,并在向士兵们告饶,因为他本不该待在那儿……

可是我能做什么呢?我不能用一根稻草拴着两条鱼去 X 呀。而且我想,在法国,从火车车厢的窗子里往外扔鱼是犯法的。我边这么思忖,边爬上一节更小、更寒碜的车厢。也许我可以把它们捎给——啊,我的天主②——我又忘掉舅舅和舅妈的名字了!巴法德,巴封——是什么来着?我又把那封用熟悉的笔迹写的不熟悉的信读了一遍:

---

①② 原文为法语。

· 蜜 月 ·

我亲爱的外甥女儿：

现在天气稳定一些了，如果你能来小住几天，你舅舅和我真是太高兴了。来时请发封电报，倘若得空，我就到车站外面来接你。否则我们的好朋友格林松太太——她住在桥畔那座小小的过桥费征收所里，正对着火车站①——会把你接到我们家。我热烈地拥抱你。②

朱莉·博伊法德

信里还附了一张名片：保尔·博伊法德。

博伊法德——当然，这就是他们的姓。我的舅妈朱莉和我的舅父保尔。③——他们蓦地出现在我眼前，比我所曾认识的任何亲戚都更真实，更具体。我看见了朱莉舅妈手捧带盖的陶瓷汤盘，一副趾高气扬的样子。保尔舅舅坐在桌前，脖子上系着红白两色的餐巾。博伊法德——博伊法德——我可得记住这个姓。要是军官问起我要去找什么亲戚，而我却把名字弄乱了——哦，那可要命啦！巴法德——不，博伊法德。把朱莉舅妈的

---

①②③ 原文为法语。

信折叠起来时,我才在空白的反面一角第一次看到潦草地写着:"快来,快。"①一个古怪而容易冲动的女人!我的心怦怦地跳起来了。……

"啊,咱们快到了。"坐在对面的太太说,"小姐,你要到 X 去吧?"

"是的,太太。"②

"我也去。……你以前去过吗?"

"没有,太太。这是头一回。"

"真的,这个时节去看人可不适宜。"

我露出一丝笑意,竭力不去瞧她的帽子。她是个十分平凡的小个子女人,却戴着一顶黑天鹅绒的无檐帽,顶上是一只有着令人难以置信的惊奇表情的海鸥。它那对圆眼睛以诧异的神情盯着我,简直使人难以忍受。我感到一种可怕的冲动,恨不得"嘘"的一声把它轰走,或是探过身去告诉她,它在那里。……

"请原谅,太太,③可是也许你还没有理会到有一只海鸥待在你的帽子上。"④

那只鸟儿是故意摆在那儿的吗?我可不能

---

①②③④　原文为法语。

笑,我可不能笑。她可曾照过镜子看看,脑袋上顶着个鸟儿是什么样子?

"眼下要经过那个车站,进 X 很不容易。"她一边说,一边朝我摇摇顶着海鸥的头,"啊,可麻烦啦!得签上姓名,写下自己的职业。"

"真的吗,真那么啰唆?"

"可是只能这样啊。你看,整个地区都由军队管辖。"她耸耸肩膀,"他们就得严点儿。很多人根本就出不了车站。他们到站后,就被安置在候车室里,再也别想往旁处去了。"

我有没有从她的语气里听出一种奇怪的幸灾乐祸的腔调?

"我想,这么严厉必是十分需要的。"我抚摸着自己的手笼,冷冷地说。

"需要!"她嚷道,"可不是嘛!喏,小姐,不然的话,你简直难以想象会闹成什么局面!你知道女人见了大兵会是什么样子。"她坚定地举起一只手,"就发了疯,整个发了疯。可是……"接着她发出短短的胜利的笑声,"她们进不了 X。我的天主,①不!这是毫无疑问的。"

---

① 原文为法语。

"我认为她们根本不会尝试一下的。"我说。

"你认为不会吗?"海鸥说。

太太沉吟了半响。"自然,当官儿的对他们手下的士兵也真厉害。逮着就关禁闭,然后,——不容分说就送上前线。"

"你到 X 去干什么?"海鸥说,"你究竟在这儿干什么?"

"你在 X 会逗留很久吗,小姐?"

她胜利了,她胜利了。我感到惊恐。一根电线杆从车窗外驰过,上面写着那个要命的站名。我几乎喘不过气来——火车停了。我朝那位太太快快活活地笑了笑,就沿着踏脚板跳跳蹦蹦地下到站台上。

那是一间闷热的斗室,设备齐全,两张桌子前面各坐着一位上校。他们身材高大,蓄着灰色络腮胡子,面颊上略呈赭红色,样子很豪华,且大权在握。一个人抽着太太们喜欢称作烈性的埃及纸烟,拖着又长又浓的烟灰。另一个在摆弄一支镀金钢笔。他们的脑袋在箍得紧紧的领口里转来转去,活像是熟过了头的水果。当我把护照和车票递过去时,心里有个可怕的感觉:士兵会走过来,

· 蜜 月 ·

要我下跪。毫无疑问,我会跪下去的。

"这是什么?"第一位神恹恹地问。他一点儿也不喜欢我的护照,一看见它,好像就不耐烦了。他以一种"不,我不受理"①的神色,朝着护照做了个不同意的手势。

"但是这不行,根本不行,你知道。瞧——你自己看看吧。"他怀着极大的反感瞟了一眼我的照片,他那卵石般的眼睛带着更加厌恶的神情瞅着我。

"当然,这张照片糟透了,"我吓得几乎透不过气来,"可已经用它办过好几次签证了。"

他抬起巨躯,走向第二位神。

"拿出勇气来!"我暗自朝着我的手笼说,并紧紧攥住它,"拿出勇气!"

第二位神朝我伸过一个手指,我马上就取出朱莉舅妈的信和名片。但是他好像对她丝毫也不感兴趣,只懒洋洋地在我的护照上盖了章,在我的车票上潦潦草草地写上一个字,随后我就又到站台上去了。

---

① 原文为法语。这里是意译,直译是:不,我不吃这个。

"顺着那条路——从那条路走出去。"

小个子下士站在那儿,脸色苍白得厉害,嘴唇上挂着一丝笑意,举手敬礼。我没有做任何表示,相信自己不曾做任何表示。他大踏步走在我后面。

"假装没看见我,跟我来。"我听见他似乎在低语,又像在唱着。

他走得多快呀,蹚过滑溜溜的泥地,朝着桥头走去。他背上背了个邮件袋,手里拎着个纸包和一份《晨报》。我们似乎从一大群乱哄哄的警察当中躲躲闪闪地穿过去,我几乎赶不上这个吹起口哨来的小个子下士。"我们的好朋友格林松太太"双手裹在披肩里,从过桥费征收所里望着我们走过来。一辆又小又旧的出租马车停在征收所前面。"快上,快!"①小个子下士边说边把我的手提箱及邮件袋、纸包和《晨报》都丢到车台上。

"哎!哎!别那么发疯。你自己赶可不成。你会被看见的。""我们的好朋友格林松太太"叫

---

① 原文为法语。

· 蜜 月 ·

苦道。

"啊,我有点担心……"①小个子下士说。

马车夫把缰绳猛地一抽,快马加鞭,我们便飞驰而去,车厢两边的门呼扇着,砰砰作响。

"早安,我的朋友。"②
"早安,我的朋友。"③

于是,我们猛扑上去,抓住了砰砰作响的门。它们是傻瓜门,不肯关上。

"向后靠靠,让我来!"我喊道,"到处都是警察,像紫罗兰一样密密匝匝的。"

在兵营那儿,马用后脚站起,止步不前了。一群笑吟吟的面孔遮住了车窗。

"拿着,老兄。"④小个子下士边说边把纸包递过去。

"好的!"有人喊道。

我们摆摆手,又策马而去。顺着河流,驰下一条奇怪的白街。两边都是小房子,在夕阳照耀下,显得格外鲜艳。

---

①②③④ 原文为法语。②和③原文有区别,②指女性,③指男性。

"车一停,你就跳下去。门是开着的,一直跑进去。我跟着。已经付给他钱了。我准知道你会喜欢这座房子,它挺白。屋子也是白的,人们……"

"跟雪一样白。"

我们面面相觑,大笑起来。"好吧。"小个子下士说。

我跳下车,跑进门去。站在门里的大概就是我的朱莉舅妈。在后边晃着的想必是保尔舅舅了。

"早安,太太!"①
"早安,先生!"②

"一切都好,你是安全的。"我的朱莉舅妈说。天哪,我多么爱她!她打开了白屋子的门,放我们进去后,就给关上了。手提箱、邮件袋和《晨报》全丢在地上了。我把我的护照朝空中一扔,小个子下士就接住了。

---

①② 原文为法语。

· 蜜 月 ·

## 二

多么离奇。我们每天都到那儿去吃午饭和晚饭。可如今到了黄昏时分,我自个儿怎样也找不到它。我穿着借来的木鞋,扑哧扑哧地蹚过泥泞,一直走到村庄尽头,也没一点踪影。我甚至记不得它是什么样儿了,外面漆没漆着字号,窗里摆没摆着瓶子或桌子。为了迎接夜晚,村舍已经严严实实地上了巨大的护窗板。在参差不齐、晃来晃去的光线下,在淅淅沥沥的雨中,一切看上去显得那么奇妙神秘,活像是蹲在山边的一帮乞丐,怀里揣着非法获得的金银财宝。周围除了士兵,渺无人迹。灯杆下站着一簇伤兵,在逗着一只肮里肮脏、浑身哆里哆嗦的狗。四个大小伙子沿街踱来,一路唱着:

"睡吧,我的人儿,快睡吧……"①

他们摇摇晃晃地下了山,走向火车站背后的棚屋,似乎把白天的最后一点气息都带走了。我

---

① 原文为法语。

慢慢地折回去。

"准是这些房屋当中的一座。我记得它就在大路边靠后的地方。没有台阶,连门廊都没有,就好像是直接从窗户走进去似的。"这时,一个跑堂的男孩猛不丁地从其中一所房子踅出来。他一见我,就快活地咧嘴一笑,开始从牙缝儿里吹起口哨来。

"晚安,小家伙。"①
"晚安,太太。"②

他跟在我后面,一直走到咖啡馆里那张我们专用的桌子跟前。是在尽里头,靠近窗子,标记是我昨天留在玻璃杯里的一束紫罗兰。

"是两位吧?"跑堂的男孩问道,抖搂开一块红白相间的台布,呼啦一下铺在桌上。他摇摇摆摆地跨着大步,足音橐然,回荡在光秃秃的地板上。他消失在厨房里,又走回来点那盏从顶棚上悬挂下来的灯。灯罩宽大得像是晒干草工人戴的那种帽子。

实际上这是一座谷仓,温暖的光射到这稀稀

---

①② 原文为法语。

落落地摆着一些旧桌椅的空荡荡的地方。一只黑炉子伸到屋子中央。炉边有张桌子,上面摆着一排瓶子。老板娘坐在桌后,一边收钱一边在一个红封皮的账簿上记着账。她对面是一扇通向厨房的门。四面墙上糊的都是米色的纸,上面画满了胖大的绿树——成百棵树将它们那蘑菇头冲向顶棚。我开始纳闷这墙纸是谁挑选的,而且为什么。难道老板娘觉得它漂亮?还是她认为一年四季都在森林里吃饭最惬意不过?……时钟两旁各挂着一幅画:一幅是穿黑色紧身衣裤的年轻绅士在庭院座椅后面,向一个体形酷似一只梨的淑女求爱:《初次相会》①;另一幅是黑黄两色多情地混在一起,题名是"爱的胜利"②。

时钟轻快地嘀嗒着,令人感到轻快:塞撒,塞撒。③

光阴荏苒。也许战争早就结束了——外面一个人也没有——野草覆盖下,街道静悄悄的。我觉得一个人在最后一天就要做这样的事:坐在空

---

①② 原文为法语。
③ "塞撒,塞撒"是法语"就这样,就这样"的译音,与时钟的嘀嗒声相近。

荡荡的咖啡馆里,听着钟的嘀嗒,直到……

老板娘穿过厨房门走进来,朝我点点头,在桌后坐下来,把胖手交叉着放在账簿上。门"砰"的一声响了,进来约莫五个士兵,大衣一脱,就玩起纸牌来。他们逗那个英俊的小跑堂的,跟他开玩笑。后者仰起圆圆的小脑袋,将垂在眼睛上的浓密的刘海儿撩开,结结巴巴地还着嘴。有时他的嗓音从喉咙里迸发出来,深沉而刺耳,刚说完半句话,声音就断了,变成不连贯的可笑的尖叫。他自己似乎还很得意。倘若他拿着大顶走进厨房,边翻着侧身筋斗边给你端饭来,你也不会感到惊奇。

门又"砰"的一声响了,又进来两个人。他们紧挨着老板娘坐下,她把头一歪,小鸟依人般地靠向他们。哎呀,他们十分不满!中尉真是个傻瓜,到处刺探,朝他们扑过去,而他们只不过是在钉纽扣罢了。是呀,只不过是这样——钉纽扣。这个年轻的花花公子却走过来了。"喏——你们干吗哪?"他们模仿着他那愚蠢的声音。老板娘撇撇嘴,同情地点着头。跑堂的男孩给他们端来了玻璃杯。他拿起一瓶橘色的饮料,摆在桌沿上。玩牌的人们大声一喊,他蓦地掉过身来,瓶子"咕

· 蜜 月 ·

咚"一声倒了。酒洒在桌子和地板上,瓶子稀里哗啦摔个粉碎。人们吓得一声不响,只听见酒滴滴答答地从桌面淌到地上的声音。滴得那么慢,看上去非常奇怪,好像桌子在哭泣。接着,玩牌的人们又吼叫起来。"下回你把它接住,小家伙!那就对了,如今,只好这样了!……七,八,九。①"他们又玩起来了。跑堂的男孩一句话也没说。他低着头站在那里,两手一摊,随后跪下来,把碎玻璃碴子一片片地拾起,并用布将酒蘸干。老板娘快快活活地喊道:"等他发现了,你就知道厉害了。"这时他才抬起头来。

"我要是赔上,他就没的说了。"他的面部抽搐着,喃喃地说,带着浸满了酒的抹布大踏步进了厨房。

"他气哭了。"② 老板娘得意地说,用胖乎乎的手抚摩着自己的头发。

咖啡馆逐渐坐满了客人,变得非常暖和。蓝烟爬到桌上,袅袅上升,缭绕着晒干草者的帽子。洋葱汤、长靴子和湿抹布发出一股令人窒息的气

---

①② 原文为法语。

味。一片嘈杂中,门又响了。门开后,进来一个瘦长的男人,一只手遮着眼睛,背门而立。

"喂!你拆绷带了吗?"

"有什么感觉,我的老朋友?①"

"让我们瞧瞧。"

但是他没吭声。他耸耸肩膀,脚步蹒跚地走到一张桌子跟前,倚墙而坐。慢慢地,他的手放下了。在那张白皙的脸上,一双眼睛像兔子那样呈粉红色。眼眶里噙满泪水,溢了出来,噙满了又淌下来。他从兜里拽出一块白布,揩拭着。

"是烟弄的,"有人说,"烟使你的眼睛发痒。"

他的伙伴们注视了他一会儿,注视着他的两眼怎样再一次噙满泪水,又溢出来。泪水沿着他的脸淌下来,从下巴掉在桌上。他用大衣袖子揩拭了一下,接着,直勾勾地盯着前方,好像健忘似的,一个劲儿地用手在桌子上擦啊,擦啊。然后,随着手的动作摇起头来。他发出很大一声奇怪的呻吟,又拽出那块布。

---

① 原文为法语。

## 蜜月

"八,九,十。"①玩纸牌的人们说着。

"小家伙②,再来点面包。"

"两杯咖啡。"

"一杯毕恭酒!"③

跑堂的男孩神情完全恢复了,东奔西跑着,可腮帮子还红红的。玩牌者之间忽然大吵起来,激烈地持续了两分钟,又在起伏的笑声中平息下去。"噢!"眼睛有毛病的人摇摆着身子,哭丧着一张脸,呻吟道。但是除了老板娘,再也没有人理睬他了。她朝着她那两个士兵做了个鬼脸。

"不过你知道,这使人倒胃口,这……"④她严厉地说。

"啊,对啦,太太。"⑤士兵们回答道,他们瞅着她那俊秀的手,她这是第一百次整理自己那高耸的胸脯上打皱褶的花边了。

"到了,先生!"⑥跑堂的男孩头也不回地对我嚷道,声音就像乌鸦一样。由于某种莫名其妙的原因,我假装没听见,却朝桌上探过身去嗅着紫

---

①②③④⑤⑥ 原文为法语。

罗兰,直到小个子下士攥住了我的手。

"咱们先喝点沙库塔利酒①怎么样?"他温情地问道。

## 三

"在英国,"蓝眼睛士兵说,"你们每顿饭都喝威士忌。不是吗,小姐?②吃饭前来上一小杯纯威士忌。吃牛排③的时候,喝的是对苏打水的威士忌。饭后喝得更多了,还掺水,加了柠檬。"

"是真的吗?"他那个坐在对面的好朋友问道。这是个红脸蛋的彪形大汉,黑胡须,一双润湿的大眼睛,头发理得那么齐,简直像是用缝纫机轧的。

"喏,不完全对。"我说。

"是,是,④"蓝眼睛士兵嚷道,"我总该知道。我是做生意的,英国旅客到我那儿去,总是那么一档子事。"

---

①②③④ 原文为法语。

· 蜜 月 ·

"呸！威士忌我可受不了，"小个子下士说，"早晨喝它之后，真恶心。我的小妞儿，①你记得咱们在蒙玛特尔那家小酒吧喝的威士忌吗？"

"欣慰的纪念。"②"黑胡子"叹气道，他把两个指头按在大衣胸口上，垂下头。他醉得厉害。

"可我知道一种你们从来没喝过的东西，"蓝眼睛士兵用一个指头指着我说，"味道真好。"他咂了一下舌头。

"了不起！③妙就妙在你几乎分辨不出它和威士忌有什么区别，只不过……"他用手摸索着找字眼，"也许更醇美，没那么烈，第二天早晨，会使人觉得跟兔子一样快活。"

"叫什么牌子？"

"米拉贝尔！"他用卷舌音说，"啊——哈，那才叫地道呢。"

"我还可以再吃一份蘑菇。""黑胡子"说，"我非常想再来一份蘑菇。要是小姐肯亲手递给我，我管保可以再吃下一份蘑菇。"

"你得试试。"蓝眼睛士兵说，他用两只手扶

---

① ② ③ 原文为法语。

着桌子,话说得那么一本正经,我开始纳闷他究竟比"黑胡子"清醒几分,"你得试试,今天晚上就试。我希望你告诉我,你觉不觉得它像威士忌。"

"也许他们这儿就有。"小个子下士说,然后吆喝那个跑堂的男孩道,"小家伙!"①

"没有,先生。"②不断赔着笑脸的男孩说,他给我们端了甜食来,盘子上画的是蓝色的鹦鹉和长了触须的甲虫。

"这在英文里叫什么名字?""黑胡子"边指边问。我告诉他叫"鹦鹉"。

"啊,我的天!③……硬——鹉。"他用胳膊拢着盘子,"我爱你,我的小④硬——鹉。你那么甜蜜,金头发蓝眼睛,你是英国人。你不知道威士忌和米拉贝尔的区别。"小个子下士和我笑着,面面相觑。他笑时眯起眼睛,只能看见弯弯的长睫毛。

"喏。我知道什么地方有,"蓝眼睛士兵说,"朋友咖啡馆⑤。咱们去吧——我请客,请大家的客。"他那姿势就像是拥有千万镑。

但是墙上的时钟"当"的一声敲了八点半。

---

①②③④⑤　原文为法语。

晚上八点以后,任何士兵都不准待在咖啡馆里。

"钟走快了。"蓝眼睛士兵说,小个子下士的手表上的时间也一样。"黑胡子"掏出来并放在长了触须的甲虫头上的那块大怀表也是那样。

"啊,好,咱们冒冒险吧。"蓝眼睛士兵说。他把胳膊伸进硬邦邦的大衣里。"值得,"他说,"值得。你们等着瞧吧。"

外面,暧叇浮云的缝隙间,繁星闪烁,尖塔上空,月亮像烛火一般颤动着。浅黑色的似乎是李子树,在白房子上投下了摇曳的阴影。阒然无人,只是远远地传来了火车的嗞嗞声,活像是一头巨兽在睡眠中匍匐。

"你冷,"小个子下士低声说。"你冷吧,我的小妞儿?"①

"不,真的不冷。"

"可是你打哆嗦哪。"

"是的,可我并不冷。"

"在英国,女人怎么样?""黑胡子"问道,"战争结束后,我要到英国去,找到一个小小的英国女

---

① 原文为法语。

人,娶她,还有她那硬——鹉。"他大笑起来,声音都哽住了。

"傻瓜!"蓝眼睛士兵摇晃着他说。他朝我探过身来。"喝到第二杯以后你才能真正喝出味道来。"他悄悄地说,"第二小杯,然后——然后你就知道啦。"

朋友咖啡馆①隐隐约约地显现在月光下。我们匆匆地瞥了一眼道路上端和下端。我们跑上四级木质阶磴,打开了丁零作响的玻璃门,走进一间借一盏吊灯照明的矮屋。那里有十来个人在吃饭。他们就着一张矮桌,分坐在两条长凳上。

"大兵们!"一个女人——围着黑披肩的干瘪女人——喊着,从白色陶瓷汤盘后面跳出来,"大兵们!这是什么时候啦!看看那座钟吧,看看钟。"她用滴答着汤的长柄勺子指了指时钟。

"它走快了,"蓝眼睛士兵说,"太快了,太太。请你不要大喊大叫的。我们喝完了就走。"

"你们要喝什么?"她边嚷边绕过桌子跑了来,站在我们对面,"就是不能让你们喝。天都这

---

① 原文为法语。

· 蜜 月 ·

么晚了,闯进一个规规矩矩的女人家里——吵吵闹闹——会把警察招来的。啊,不!啊,不!丢人现眼,就是这么回事。"

"嘘!"小个子下士举起一只手说。一片静谧。在沉寂中,我们听到脚步声。

"警察。""黑胡子"边说边朝一个戴耳环的俏丽姑娘眨眨眼睛,她也活泼愉快地对他笑了笑,"嘘!"

一张张脸都仰了起来,倾听着。"他们多么美呀!"我思忖道,"就像是《新约全书》里举行家庭晚餐会的人们……"脚步声逐渐消失了。

"要是警察把你们抓起来,那才叫活该呢。"那个气冲冲的女人申斥道,"警察没有来,我替你们难过。你们该挨罚——你们该挨罚。"

"一小杯米拉贝尔,然后我们就走人。"蓝眼睛的士兵坚持道。

她一边依然嘟嘟囔囔、骂骂咧咧,一边从食橱里取出四只玻璃杯和一只大酒瓶。"可你们不能在这儿喝,绝不能。"小个子下士跑进厨房,"别在那儿!别在那儿!白痴!"她叫嚷道,"难道你看不见那里有窗子吗?对面还有一堵墙,警察每天晚上都来……"

"嘘!"又吓唬了一下。

"你们疯啦,你们四个人——统统都要坐牢的。"这个女人说。她猝然冲出屋子。我们踮起脚尖跟在后面,走进一间漆黑而有气味的洗碗室,一只只锅里面装着油乎乎的汤、生菜叶子和骨头渣子。

"来吧,"她边撂下玻璃杯边说着,"喝吧,然后给我走人!"

"啊,总算喝上啦。"蓝眼睛士兵那高兴的声音划破了黑暗,"你觉得怎样?让我说着了吧?不是有那么一股美妙的——美妙的威士忌的味道吗?"

(1915)

# 夜 阑

弗吉尼亚坐在火边。她那些出门穿戴的衣物丢在一把椅子上;靴子在炉挡里微冒着热气。

弗吉尼亚(放下信):我一点儿也不喜欢这封信—— 一点儿也不。我倒想知道他究竟是成心要冷落我呢,还是他一向就是这样的。(读信)"多谢你送我袜子。可是近来人家送我五双了,所以我把你这双转送给了我们公司里的一位朋友,我想你听了会高兴的。"不,不是我胡思乱想,他准是成心的。这么冷落我,真可怕。

唉,我要是没给他写那封叮咛他多加保重身

体的信就好了。只要能收回那封信,我什么代价都肯出。那回又是在一个星期天傍晚写的——我注定要倒霉。我万不该在星期天傍晚写信——我总是管不住自己。我真不懂为什么星期天傍晚老是这么莫名其妙地在我身上作怪。我总是巴望给什么人写信——要不就是想去爱他。对,就是这么回事。星期天傍晚老弄得我既惆怅又一腔柔情。

莫名其妙,对吗?

我非再上教堂不可。一个人对着火这么苦思冥想,非出点乱子不可。那儿还有赞美诗,总可以放心地沉湎在赞美诗里。(她低声哼唱起来)"为了我们最亲爱的和最宝贵的。"——(可是她的眼睛又盯在来信的下一句上了)"你亲手替我织袜子,对我真是太好了。"确实是这样,一点儿不假,是太过分了!男人傲慢起来可讨厌啦!他确实以为袜子是我亲手替他织的呢。哼,我连认都不大认得他,只跟他讲过几次话。我凭什么要给他织袜子呢!他准以为我情愿把自己送上门去。既然他几乎是个陌生人,那么给他织袜子确实就是把自己送上门去了。随便给他买一双则完全是另一码事。不,我决不再给他写信——这是肯定的了。再说,写信又有什么用?我也许真会对他着了迷,而他对我却无动于衷。男人就是这样的。

　　我纳闷怎么到了一定的时候我好像就招人讨厌了。莫名其妙,对吗?起初他们倒是喜欢我,觉得我不同凡响,有独到的见解,可我一旦想表示——哪怕是暗示一下——我喜欢他们,他们似乎就害起怕来,溜掉了。看来这种事日后非叫我伤透了心不可。也许他们不知怎的就觉察出我太多情了,没准儿这就把他们吓住了。嗳,我觉得自己有满腔的——满腔的爱,献给什么人——我要全心全意地、无微不至地体贴他们,保护他们,不让任何讨厌的事烦渎他们,让他们觉得我活在世上就是为了实现他们的一切愿望。只要我觉得有谁需要我,我对谁有用,我就会完全换个人。是啊,对我来说,这就是生命的奥秘——感到有人爱着我、需要我,事事都完全依赖我——永永远远地。而且我身体强健,又比大多数女人阔得多。我敢担保一般女人绝没有这么无比强烈的愿望来表现自己。我看就是这样——简直跟含苞待放差不多。我整个儿给圈起来了,被关在黑处,没人理睬。我揣想,正因为如此,我才那么深深地怜惜那些花草啦、有病的动物和小鸟啦——我是借此来排遣这一腔痴情,积在心头的爱。当然喽,它们又都是这么可怜巴巴——这是另一方面。不过冥冥中我觉得要是一个男人真正爱上了你,他也会同样变得那么可怜巴巴的。对,我敢说男人是极其可怜巴巴的。……

也不知道是怎么回事,今儿晚上我直想哭。当然不是为了这封信,它远远没那么重要。可我总在琢磨情况会不会有转机,还是得像这样一个劲儿地盼啊盼的——一直盼到老。如今我已经不像从前那么年轻了。脸上有了皱纹,皮肤也大不如过去了。我从来也没真正漂亮过,没像通常所谓的漂亮过。可是当年我的皮肤却曾经很细嫩,还有一头秀发——走路的姿势也不错。今儿我才对着镜子瞟了自己一眼,弯腰驼背,拖着步子,显得又老又邋遢。啊,不,兴许还没糟到那份儿上。我对自己总是说得过了头。可我现在变得刁钻古怪了——我敢说这就是上了岁数的兆头。就拿风来说,现在我禁不起受风,并讨厌弄湿了脚。从前我才不在乎风吹雨打呢——甚至还感到

· 蜜 月 ·

兴高采烈哩——只觉得这样一来就和大自然融为一体了。可现在我就会烦躁起来,直想哭,一心盼望有点什么事让我忘掉这一切。我猜想,正因为如此,女人才会酗酒的,莫名其妙,对吗?

火快要灭了,把这信烧掉算啦。对我来说,这算什么?呸!我才不在乎呢!这和我有何相干?另外还有五个女人送他袜子呢!再说,他跟我想象的一点儿也不一样。我好像听他说:"你亲手替我织袜子,对我真是太好了。"他的声音真动听。我相信,就是他那声音把我吸引住了。还有他那双手一看上去多强壮,真是一双男子汉的手。罢,罢!别这么痴情下去了,把它烧了吧!……不,现在不行了——火已经灭了。我要上床了。我拿不准他究竟是不是成心要冷落我。唉,我累啦。如今,一上床,我经常想用被子蒙住脑袋——然后就大哭一场。

莫名其妙,对吗?

(1917)

# 心　理

　　她一开门看见他站在那里,就感到空前的欣悦,而当他跟着她走进工作室时,也为了自己来到这里而异常高兴。

　　"不忙?"

　　"不忙。正要吃茶。"

　　"不是在等谁吧?"

　　"谁也没等。"

　　"啊,那就好。"

　　他轻轻地、踌躇不决地把大衣和帽子放在一边,就好像时间从容得很,又好像要向它们永别似的。随即走到炉边,朝那跳动着的火苗伸出了双手。

· 蜜 月 ·

一刹那间,两人站在那里,在跳跃的火光中默默无语。从他们微笑着的唇间,好像两人依然在寻味着刚才相见时那阵惊喜。他们默默地低语着:

"何必还说什么?这不就够了吗!"

"绰绰有余。直到此刻,我从没想到会……"

"同你在一起有多么畅快……"

"就像这样……"

"真是绰绰有余。"

可是他忽地掉过身去望着她。她赶快走开了。

"抽支烟?我把水壶坐上。你很想喝点茶吧?"

"不,不怎么想。"

"哦,我可想喝点。"

"啊,你,"他在那个阿美尼亚靠垫上捶了一拳,接着一歪身倒在躺椅上,"你真是一个彻头彻尾的小中国人。"

"不错,"她笑了,"我老想喝茶,就像大男人老想喝酒。"

她在那宽大的橘色灯罩下点上灯,拉上窗帘,把茶桌挪近些。水壶里像有两只小鸟在鸣叫着,火苗抖动着。他直起身子来,双手抱着膝头。喝茶——真是件快事。她总准备下可口的吃食:切得尖而小的三明治、杏仁酥条,还有一种深色的放了很多奶油的点心,吃起来带甘蔗酒味。可是这总归是一种干扰。他巴望茶早些喝完,桌子搬开,他们的两把椅子凑近灯光。这时刻,他就掏出烟斗来,装上烟叶,往烟斗里按一按,然后说:"我一直就你上次所说的话在思索。依我看来……"

对,这情景正是他们企盼的,她也是这样。对,当她在煤油灯上摇晃着茶壶,把它烤热烘干时,就看到他们俩:他惬惬意意地倚在躺椅上,而她则蜗牛般地蜷缩在蓝贝壳色安乐椅的一角。这幅情景是如此清晰精致,简直可以绘在茶壶的蓝盖子上。然而她可不能那么急急忙忙的。她恨不得大声嚷道:"给我时间!"得容她时间安下心来。她需要时间来摆脱那些她所熟悉而使她的日常生活丰富多彩的一切。所有她身边那些愉悦人心的——她的儿女——都是她的一部分。他们也知道这一点,所以总向她毫不容情地尽量提出要求。可是现在他们得走开了,得把他们打发走,赶走——像娃娃们那样送到昏暗的楼上,掖好被子,并命令他们立刻入睡,不许吱一声!

因为他们两人友情的那份特殊的兴奋使他们完全不能自持了。他们的两颗心就宛如广漠平原上的两座城市,相互都是敞开着的。他也并不是像个征服者那样,通身甲胄,骑马进入她的城门,心里高兴得怦怦直跳。她呢,也并不是像位女王那样踩着铺得厚厚的花瓣走进他的城门。不,他们都是热切而严肃的旅人,深深地为自己见到的景物所吸引,并加以理解,同时在发现潜在的一切。——他们都想尽情地利用这一绝妙机会,使得他可以对她披肝沥胆,而她也可以对他毫无隐讳。

最可贵的是他们两人都年事已长,可以从这种探险中得到快乐,而不至于陷入愚蠢的感情纠葛。情欲会把什么都破坏了,这一点他们是一清二楚的。况且那些事他们都早已经历过了。如今,他三十一岁了,她也已三十了。他们都各有过自己的经验,丰富而且多种多样,现在该轮到他们来收获了——收获。他写的小说不都将是长篇巨著吗?还有,她写的剧本。对于英国喜剧,谁能有她那样细致入微的理解呢?……

她细心地把点心切成厚厚的小块,他伸手拿了一块。

"尝尝有多么好吃,"她央求说,"吃的时候也得用点想象力。把眼睛向上翻——要是你能做到的话,然后一边吃一边品品它的香味。这可不是普普通通的点心——这是完全可以写入《创世记》的那种点心。'上帝命令说,要有点心。于是,就有了点心。上帝看了很满意。'"

"你用不着央求我这么做,"他说,"真的用不着。奇怪得很,我总留意到,我在你这儿吃到的在别处是吃不到的。我想这大概是由于这些年来我一直在单独生活,而且总是一边看书一边吃……我习惯于把食品单纯地看作食品:到一定时候,有,我就痛嚼一通;没有,就……"他大声笑了,"你听了,大吃一惊吧?"

"吃惊到极点了。"她说。

"可是——你瞧——"他把杯子推开,滔滔不绝地讲起来了。"我根本没有过外在的生活。我任何名字都叫不出来——什么树木等等。我从来也不注意地方或者家具的特点,或者人们的模样。

· 蜜 月 ·

什么屋子对我都一个样,左不过是个可以坐、可以读或者谈话的地方,除了……"说到这儿,他停住了,古怪而天真地笑了笑,然后说,"除了这间工作室。"他向四周望了望,然后朝她看着。他的笑声里有着惊奇和欣喜。他就像一个人坐火车,突然间醒来发现车停了,他已到达目的地。

"还有一件奇怪的事。我要是闭上眼睛,脑子里就浮现出这地方的一切细节——每一个细节。……如今,想起来,我从来还没察觉到这一点。时常我离开这里,就在冥冥之中重访此地,在你那些红椅子间徘徊,凝视着黑桌上的那盆水果。只消轻轻地抚摸一下一个熟睡中的男孩的头,就感到十分新奇。"

他一边说着一边朝它望着。它立在壁炉的一角:头部朝一边垂着,双唇微启。小男孩好像在睡眠中聆听着美妙的声音……

"我喜欢那个小男孩。"他呢喃着。然后,两人都沉默起来。

两个人重新陷入沉默。一点儿也不像他们见面寒暄之后那阵情投意合的停顿。"哦,咱们又相聚了。咱们不妨接着上次的话谈下去。"温暖、愉快的炉火和灯光形成一个圈,把他们的缄默围拢起来。不知多少回,他们想往这圈儿里投进点什么,看看平缓的岸边下的水面泛起怎样的涟漪,但是他们都没去尝试。那个无止休地睡着的男孩的头就垂向这不经常见的池塘。水纹逐波而去,远得无边无际,直流入那深邃的闪着光的黑暗中去。

这时,两个人才开了口。她说:"我得把火炉生起来。"他说:"我在试验着一种新的……"两人都逃遁了。她生起火来,把桌子放回原地,把蓝色的椅子朝前推过来,随后就蜷缩在上面。他又在躺椅上朝后仰了仰。快点!快点!他们可不能再让这样的事情发生。

"哦,我把你上次留下来的那本书看完了。"

"噢,你觉得怎么样?"

他们又断弦了,一切又恢复原状。是这样吗?他们交谈得是不是太快了些,回答得太顺口了些,以致相互都谈不下去了?这是不是某种场合的一种绝妙的模仿?他们的心悸跳起来了,她面颊泛红。蠢的是她不能发现他们处在什么境地或是正在发生着什么事。她来不及回顾了。正在这时,事情又发生了。他们支支吾吾,举棋不定,垮了下来,不再出声了。他们再一次意识到那无边无际的充满疑窦的黑暗。他们又像两个猎手那样,屈身烤着火,但忽地听到远处丛林里风的呼啸和一声巨大的质问的呼号……

她抬起头来。"下着雨哪。"她喃喃地说,用的是他刚才说"我喜欢那个小男孩"时那样的声调。

那么,他们为什么不撒开手——退却下来,看看会发生什么事呢?可是不。尽管他们思路模糊,情绪紊乱,心里却很清楚:他们之间那份弥足珍贵的友谊处于危境。将被毁灭的是她——不是他们,而此事将与他们无关。

他站起来,敲净了烟斗,用手捋了一下头发,然后说:"我近来一直在琢磨,未来的小说会不会是心理小说。你肯定认为心理学作为一门学问同文学会产生一些关系吗?"

"你的意思是说,你认为那种神秘而不存在的人物——当代的青年作家——很有可能提出心理分析家所能做到的,他们也能做到吗?"

"对,正是这样。这是因为他认为这一代人

有足够的自知之明,他们晓得社会是病态的,并且晓得使它恢复健康的唯一途径是追查它的症结——做一番彻底的研究,追个水落石出,找出根由来。"

"可是,唉,"她哀声地说,"前景有多么阴惨可怕啊!"

"一点儿也不,"他说,"你看……"谈话继续下去了,这时,看来他们真的做到了。她掉过身来望着他,一边回答着他的话。她的笑容似乎在说着:"咱们取得了胜利。"他也朝她笑了笑,十分自信地说:"绝对是这样。"

可是这一笑煞了风景。笑的时间太长了,变成了苦笑。他们看到自己像是两个苦笑的傀儡,在空幻中蹦蹦跳跳。

"我们谈什么来着?"他心里想。他感到无聊透顶,几乎要呻吟了。

"我们把自己搞成什么样子了。"她心里想。她觉得他是在吃力地——啊,吃力地——进行布局;她自己来回奔走着,这里种一棵树,那里栽一簇花,在池塘里放一些浑身闪光的鱼。这时,纯然由于沮丧,两人都默默不语。

· 蜜 月 ·

时钟轻快地敲了六下,炉火微微跳动了一阵。他们真是一对蠢货——沉重,枯燥乏味,心情老迈,然而心灵却活跃跳动。

此刻,沉默像是一种肃穆的音乐笼罩着他们。痛苦啊,她忍受着痛苦,而他则几乎要死去——沉默要是被冲破了,他会真的死去……然而他又渴望着冲破它。不是用言语,至少不是用他们那种平庸的、使人听了会发疯的东拉西扯。他就用他所要的那种崭新的方式低声说:"你也这么感觉吗?你可曾略有领会?……"

可是他没这么说。使他恐惧的是,他听到自己说的是:"我得走啦。我已约好六点钟同布兰德会面。"

真是见鬼,他怎么会这么说,而没那么说呢?她跳起来——干脆从椅子上跳起来。他听到她在大声嚷着:"那么,你得赶快走,他一向守时的。你怎么不早说呢?"

"你伤了我的心!你伤了我的心!咱们失败了。"她一边笑嘻嘻地把帽子和手杖递给他,心里一边这么说。她不容他再说一句话,就径直穿过走廊打开外面的大门。

他们能这样就分手吗?怎么能呢!他站在台阶上,她只站在房里,手扶着门。眼下雨停了。

"你伤了我的心——伤了我的心!"她心里说,"你干吗不走!不,别走吧。留下。不——你走吧!"她茫然地望着夜空。

她看到一磴磴的台阶,十分可人。夜色中的花园里,周围满是闪着光亮的常春藤。马路对面,是硕大光秃的柳树,上面是广漠的天空,闪烁着星光。他当然不会去看这一切。他比这些都更高超。他——具有他那卓绝的"精神上的"视野!

果不出她所料,他什么也没看见。可怜啊,他失去了时机。现在做什么都太晚了。是太晚了吗?对,是太晚了。一阵讨厌的冷风吹进花园来。该诅咒的生命!他听到她嚷了声"再会",门就"咣当"一声关上了。

跑回工作室,她的举止怪了起来。她来回跑着,扬着双臂,大声嚷道:"啊,他有多么蠢!简直是白痴!愚昧到了极点!"然后,就一头栽在躺椅上,脑子空空的,只是倒在那里生气。全都完结了。什么完结了?啊,反正有点什么完结了。她再也看不到他了——永远也见不到了。在这黑洞洞的深渊里待了很长一段时间(也许有十分钟),她听到那只铃铛陡然连声响了起来。当然是他。同样,她当然也不该去理会,就让那铃铛响下去,响下去。她飞快地去开门。

台阶上,站着一位老处女,一个可怜巴巴的人儿,对她简直崇拜得五体投地。(天晓得为什么!)这位老处女经常这么出现。她拉了铃铛,当门开了之后,却说:"我亲爱的,把我打发走吧!"她自然从来也没那么做过。她照例把她让进来,随她去欣赏一切,然后从她手里接过一束看上去像是玷污了的鲜花——态度总是十分谦和。可是今天……

"啊,真对不起,"她大声说,"我家里有客人。我们在一道搞些木刻。整个晚上我都不得闲。"

"没关系,亲爱的,一点儿关系也没有,"这位好朋友说,"我只是路过这里。我想给你留下点紫罗兰。"她在挺大的一把旧伞里掏来掏去,"我把花放在这里头了。这么放最好,风吹不着。在这儿哪。"边说边甩出一小把枯萎的花。

她并没马上接过花束。可是正当她站在里边,手扶着门时,一件奇怪的事发生了:她又看到那一磴磴可人的台阶,夜色笼罩下的花园里,周围是闪着光亮的常春藤,还有那柳树、那闪烁着星光的天空。她又一次感到充满疑窦的沉寂。可这回她没再犹豫。她趋上前去,她轻轻地充满柔情地(好像唯恐在那无边无际的静静池塘里掀起波浪般地)把双臂搭在那位朋友的肩上。

"亲爱的,"那位快活的朋友深深感激起来,"这实在算不了什么,只不过是值上三个便士的一小束花。"

话音未落,她便被拥抱住了——比刚才更加温存,更加热火,亲切地紧紧搂住,而且持续了那么久,使这可怜的女人头晕目眩了。她用仅剩的那点气力,颤颤抖抖地说:"那么你并不嫌弃我吧?"

"朋友,晚安!"她低声说,"常来吧。"

"一定来,一定来。"

这回,她缓步踱回工作室,站在室中央,半阖上眼睛,她感到那么轻松、那么舒适,真好像是从童年的一次睡眠中醒来。甚至呼吸也是件愉快的行动……

躺椅上堆得乱七八糟。她说,那些靠垫"简

直像一座愤怒的山峰"。她把靠垫重新布置了一下,就回到书桌那里。

"我在考虑着咱们关于心理小说的那番谈话。"她大笔一挥,"确实十分有意思……"等等,等等。

末尾,她写道:"朋友,晚安。希望你不久再来。"

(1918)

# 康 乃 馨

在那些炎热的日子,伊芙——脾气古怪的伊芙——总是拿着一朵花。她闻了又闻,捻在指间旋转着,贴在颊上,举到嘴边,用它来挠凯蒂的脖子。最后,她把花瓣扯碎,一瓣瓣地吃掉。

"亲爱的凯蒂,玫瑰花可好吃啦。"她站在昏暗的衣帽间里说,背后帽钩上挂着一顶花哨的帽子,"可是康乃馨真是好极啦!味道就像——像——哎!"她脸上浮现一丝淡淡的笑意,飘过她身后墙上那些大而奇特的花脑袋。(耽于幻想的凯蒂思忖道:可是她那一丝淡淡的笑意来得多么残忍啊!像是有着一只锐利的长喙、两只爪子和一双圆珠般的眼睛。)

· 蜜 月 ·

今天是朵康乃馨。她把一朵康乃馨带到法文班上来了。深红色的,看上去仿佛在葡萄酒里浸泡过,又放在暗处阴干了似的。她把它供在面前的桌上,半阖上眼睛,漾出微笑。

"不是很可爱吗?"她说。然而……

"请安静一些。"①雨果先生说。哦,讨厌! 太热啦! 热得可怕! 火烧火燎的!

法文课堂尽头的两扇方窗是敞着的,深色窗帘放下了半截。尽管连点微风也透不进来,窗帘绳依然摇曳着,把窗帘掀了起来。但是令人目眩的外界确实连一丝风也没有。

连坐在幽暗的室内的这些身穿淡色上衣、头发上扎着蝴蝶结缎带的姑娘们,仿佛也放出暖和的微光。雨果先生的白背心像鲨鱼的肚皮一般闪亮着。

有些姑娘脸上通红,有些是白白的。薇拉·霍兰按日本女人的方式②将她那黑色鬈发绾起来,用一只笔套和一杆粉红色铅笔卡住,看上去挺妩媚。弗朗茜·奥文几乎把袖子捋到肩上,沿着

---

①② 原文为法语。

肘部那细细的蓝色静脉涂上墨水,弯起胳膊来瞧自己画的印记。她就喜欢用墨水在自己身上涂来涂去,老是在大拇指甲上画一张有着黑色发辫的脸。茜尔薇亚·曼把挂领和领带解下来了,干干脆脆地解下来,摆在旁边的桌子上,安详得就好像待在自己家的卧房里,即将洗头发似的。她真不在乎!珍妮·爱德华从笔记本上撕下一页,写上"回家的路上,要不要向老雨果-伍戈讨一朵值三便士的香子兰?"递给康妮·贝克,后者把脸涨紫了,差点儿大哭起来。大家伙儿都懒洋洋地靠着,边打哈欠边盯着那只圆钟。它似乎越来越苍白,指针几乎没有蠕动。

"请安静一些。"[①]雨果先生发话了,他举起一只胖乎乎的手,"姑娘们,大热天,今天我们不再记笔记啦,我要朗诵一首……"于是他顿了顿,脸上漾着宽厚、温和的微笑,"法国小诗给你们听。"

"天——哪,天哪!"弗朗茜·奥文哀叹道。

雨果先生笑得更畅快了。"喏,奥文小姐,你用不着听,尽管在身上画吧。除了你的黑墨水,还

---

① 原文为法语。

可以用我的红墨水。"

对于他从上衣后摆的兜里掏出的那本红边小蓝书,她们是多么熟悉啊!里面夹了绣着勿忘草的绿绸书签。当他传阅此书时,她们经常对着它咯咯地笑。可怜的老雨果-伍戈!他多么喜欢朗诵诗歌啊!起初声调平静柔和,逐渐变得铿锵有力,雄浑洪亮。接着就是恳请、哀告、乞求的声调了。随后豪迈地一个劲儿升腾,直到仿佛乍然迸出光辉。旋即又逐渐地减弱,变得柔和、亲切、平静,最后全然消失。

当然,最大的困难是:倘若你略感虚弱,还是别咯咯笑得太厉害。其实,也没什么可笑的,而是因为它使你感到不舒服,不自在,愚蠢,有点替老雨果-伍戈害臊。但是——哦,天哪——倘若他想在这么大热天,让她们受这份罪……

"拿出勇气,我的乖乖。"伊芙吻着发蔫的康乃馨说。

他开始了。大多数女孩头一枪就被打死,一个个头枕胳膊,伏在桌子上。唯独伊芙和凯蒂一动不动地直挺挺坐着。凯蒂的法文程度还不能够听懂,但是伊芙坐在那儿专心致志地听。她扬起眉毛,眼睛被睫毛遮起一半,嘴唇上飘着微笑——活像是她那残忍的微笑的影子,像是残忍的微笑那生了翅膀的影子。她把手指圈成个暖和的白杯子,将康乃馨放在当中。哦,好看!芳香一直飘到凯蒂这儿,太浓郁了。凯蒂掉过身去,朝着窗外耀眼的阳光。

她知道窗下有个铺着卵石的院子,四周都是马棚。所以法文课堂里总略有股阿摩尼亚味,但并不难闻。对凯蒂来说,那甚至是法文的一部分——刺鼻,强烈,而且呛得慌!

这会子她听见一个人噔噔噔地踏过卵石,也听见他提的水桶的吱扭声。这会子他又嘎吱嘎吱压起唧筒来了,水哗哗地淌出来。这会子他在往什么东西上面——也许是车轱辘吧——撩水哪。腾空支了起来、旋转着的轱辘浮现在她面前,闪出紫红和黑色的光,甩下大滴大滴晶莹的水珠子。此人干活的当儿,一直放胆高声吹着口哨。那声音掠过水的喧哗,犹如一只鸟儿掠过海洋一般。他走开了——又牵着一匹蹄声嘚嘚的马儿回来了。

唧筒发出了"嘎吱""嘎吱"的声音。眼下他把水泼到马腿上,猛扑上去,着手为马刷毛。

她清晰地看见了他——穿着褪色的衬衫,挽起袖子,裸露着胸脯,浑身溅满水——当他自由自在地大声吹口哨时,当他忽而猛扑上去,忽而弯下腰去活动时,老雨果-伍戈的声调开始变得激动了,深沉了,洪亮雄浑,回荡升腾——不知怎的,总和外面那个男子合着拍子。(啊,伊芙的康乃馨好香!)最后变成高昂、凯旋的雄大音响,迸发出亮光,于是——

整个课堂碎成一片片的了。

"谢谢你们,姑娘们!"雨果先生隔着那些碎片敲打他那张高桌子,喊道。

"留给你吧,最亲爱的,"伊芙说,"珍贵的纪念。"①她随即把康乃馨插在凯蒂的上衣前襟上了。

(1917)

---

① 原文为法语。

# 郊区童话

B先生夫妇坐在他们那涂成红色的舒适的饭厅里吃早餐,这是"距市区不到半小时路程的整洁小巧的寓所"。

壁炉烧着旺火——因为这间饭厅还兼起居室——面对着寒森森、空荡荡的小院子的两扇窗户是紧闭着的,室内弥漫着令人感到惬意的熏肉、鸡蛋、烤面包片和咖啡的味道。如今配给制①真正结束了,B先生打定主意在从事当天繁忙的工作之前好好吃上一顿。他才不管别人理不理会呢,他非按地地道道英国人的方式来吃早餐不

---

① 第一次世界大战期间英国曾实行食物配给制。

可——非吃不可。不然的话,身体就会拖垮了。倘若你告诉他,欧洲大陆上的人们只要吃个面包卷,喝杯咖啡,就能完成他上午的一半工作,他就会说:你简直是不知所云。

B先生身材魁梧,还挺年轻。他很倒霉,未能离职从军。足足四年的工夫,他试图找个人来接替自己的工作,却没成功。他坐在首座上,读着《每日邮报》。B太太也年纪轻轻的,是个胖胖的小个子,颇像只鸽子。她坐在丈夫对面,眼前摆着咖啡用具,不断地用爱护的目光打量着小B。孩子坐在他俩当中,身裹餐巾,敲着一只半熟鸡蛋的尖头。

天哪!小B简直不像是这样一对父母所生的。他既不是个走路一摇一晃的小胖仔,不是圆滚滚的,也不是个结结实实的小布丁。他比同年龄的娃娃要矮,腿细得像通心粉,一双小手,软软的头发摸上去宛如小耗子毛,一对眼睛睁得大大的。由于某种莫名其妙的原因,对小B来说,生活中的一切好像都对不上号——对他都太大、太剧烈,他样样都招架不住。弱小的他,处处受到挫折,弄得他上气不接下气,胆战心惊。B夫妇对此完全无能为力,他们只能在他挨欺负之后扶起他——试着让他重新站起来。正因为这个娃儿生得羸弱,B太太也就越发疼爱他。B先生则想起自己当年曾是个神气十足的小家伙,胆量那么大——可是老天爷,这娃儿可……

"为什么鸡蛋不分成两种呢?"小B说,"为什么没有一种给娃娃吃的小蛋,把这样的大蛋留给大人吃呢?"

"苏格兰野兔,"B先生说,"上等的苏格兰野兔,五先令三便士一只。老伴儿,弄一只来怎么样?"

"换换口味也好嘛——炖来吃。"B太太说。

他俩你看看我,我看看你,眼前浮现出一只苏格兰野兔,浓浓的卤汁,肚子里填满了肉丸子,还有一白罐子的红葡萄冻儿。

"咱们周末可以来上一只,"B太太说,"可是卖肉的已经答应给我留一块嫩嫩的小牛腰肉了,放弃了怪可惜的。"……可不是嘛,然而……哎呀,真不容易拿定主意呀。吃野兔可以换换口味——另一方面,你又怎么舍得放弃嫩极了的小牛腰肉呢?

· 蜜 月 ·

"还有兔汤哪,"B先生用指头敲着桌边说,"世界上最好喝的汤!"

"噢!"小B突然尖声喊道,把他俩吓了一跳,"瞧,咱们草坪上飞来那么一大群麻雀!"他摇了摇调羹,"瞧它们,"他嚷道,"瞧呀!"他正说着的当儿,隔着紧闭的窗户从院子里传来了嘹亮的啾啾声。

"小乖,吃你的早饭吧。"妈妈说。爸爸也说道:"你就专心吃你的鸡蛋吧,老伙计,别东张西望啦。"

"可是您瞧它们——全都在跳跳蹦蹦的哪,"他喊道,"一会儿也不停。爸爸,您看它们是不是肚子饿啦?"

"啾——啾——啾——啾——"麻雀叫着。

"最好拖到下星期再说,"B先生说,"碰碰运气吧。多半那时还能买到。"

"好的,也许这样更明智一些。"B太太说。

B先生从纸包里又掏出一个李子。

"配给的枣子你还没买吗?"

"昨天我总算弄到了两磅。"B太太说。

"喏,枣子布丁可好吃啦。"B先生说。他俩对视着,他们之间好像浮现出一只圆圆的深色的布丁,上面挂了一层奶油。"可以换换口味,对吧?"B太太说。

窗户外面,冰冻的灰色草坪上,滑稽而急切的麻雀们蹦跳着,拍打着双翼,片刻也不停歇。它们"啾啾"叫着,扑扇着丑陋的翅膀。小B吃罢鸡蛋,下了地,拿着涂了橘酱的面包片到窗边去吃。

"咱们务必丢给它们点儿面包渣吧,"他说,"爸爸,请打开窗户,丢给它们点儿什么。爸爸,谢谢您啦!"

"别磨人啦,孩子。"B太太说。他爸爸说:"不许打开窗子,老伙计。你的头会给咬掉的。"

"可它们饿呀!"小B嚷道。麻雀们可爱的啼叫宛如磨快了的小刀子在响。"啾——啾——啾——啾——"它们尖声叫着。

小B将他那涂了橘酱的面包片扔进窗前的瓷花瓶里。为了看得真切些,他溜到厚厚的窗帘后面去了。B夫妇接着读报,想知道眼下能买到些什么不要票证的东西。过了五月就不需要配给本了。空中浮现出一大堆乳酪——成堆的乳酪——整个整个的乳酪,像繁星般在他俩之间

· 蜜 月 ·

旋转。

小 B 守望着冰冻的灰色草坪上的麻雀时,突然间,它们边继续拍着翼,刺耳地聒噪,边长大了,变了形,变成了身穿褐色外套的小小男孩儿,在窗外扭来扭去,跳着舞,尖叫道:"想吃点儿啥,想吃点儿啥!"小 B 将双手伸向窗帘。"爸爸,"他小声说,"爸爸!他们不是麻雀,他们是小男孩儿。您听啊,爸爸!"但是 B 夫妇充耳不闻。他又试了试。"妈妈,"他小声说,"瞧瞧那些小男孩儿。他们不是麻雀,妈妈!"但是谁都不理睬他这番无稽之谈。

"关于饥荒的这套话,"B 先生嚷道,"都是捏造的,都是瞎说八道。"

小男孩们白皙的脸闪闪发光,在肥大的外套里扑打着胳膊,跳着舞。"想吃点儿啥,想吃点儿啥!"

"爸爸,"小 B 喃喃地说,"听,爸爸!妈妈,请您听听!"

"真的!"B 太太说,"这些麻雀吵死啦!我从来没听见这么吵嚷过。"

"把我的鞋拿来,老伙计。"B 先生说。

"啾——啾——啾——啾——"麻雀们叫道。

孩子哪儿去了呢?"来把你这杯香喷喷的可可喝下去吧!小乖乖。"B太太说。

B先生撩起厚厚的桌布,轻声说:"来呀,罗伏尔。"可是那儿连只小狗也没有。

"他在窗帘后头哪。"B太太说。

"他没出这间屋子。"B先生说。

B先生走到窗户跟前去,B太太尾随着他。他俩向外眺望。那里,在冰冻的灰色草坪上,有一群面色苍白的小男孩儿,他们那瘦削的胳膊像翅膀一样呼扇着,最前面、最矮小的是小B。他的声音比其他孩子的声音更清楚地传入B夫妇耳里:"想吃点儿啥,想吃点儿啥!"

他们总算打开了窗户。"给你吃!大伙儿都来吃吧。马上进来吧。老伙计!小乖乖!"

但是已经太迟了。小男孩儿们又变成麻雀,抖翅飞去——飞得无影无踪,怎么叫也听不见了。

(1917)

## 没有脾气的男人

他站在过厅门口,转着戒指,转着小指上那沉甸甸的图章戒指;同时,冷静而从容不迫地扫视着东一张、西一张地摆在玻璃阳台上的圆桌和一把把柳条椅。他噘起嘴来——像是要吹口哨——然而并没有吹——只不过转了转戒指。转了转戴在那刚洗过的粉嘟嘟儿的手上的戒指。

那边角落里,坐着托普诺特两姐妹,喝着她们此刻通常喝的煎汁——盛在玻璃杯里的白糊糊、灰不溜秋的东西,上面漂着小片小片的麸皮——从满是纸屑的罐头里掏出几片有了斑点的饼干,掰碎后泡在玻璃杯里,又用调羹捞上来。她们那两卷毛线活儿宛如两条蛇,盘踞在托盘旁边。

那位美国妇女照例背着玻璃墙而坐,在一只庞大爬行动物的阴影下。它将一双紫色眼睛睁得老大,扁贴在那儿——平平地趴在玻璃上,饥肠辘辘地盯着她。她知道它在那儿——她知道它正那样望着她。她故意逗弄它,拿点儿架子。有时她甚至指着它喊道:"这不是你见过的最可怕的东西吗?这不是像食尸鬼吗?"它毕竟是在阳台的另一面……而且也碰不到她。对吗,克雷蒙索?她是个美国妇女,是吧,克雷蒙索?而且她会径直去找她的领事。蜷卧在她膝头的克雷蒙索打了个喷嚏来回答。它身上堆着她那只破旧的锦缎袋子、一块脏手绢儿和一沓家信。

旁的桌子都空着。美国妇女和托普诺特姐妹彼此望了望。她照外国派头耸了耸肩,她们会意地拿饼干摆了摆,但是他并没有看见。他忽而纹丝不动,忽而从他的眼神看得出他是在仔细听着。电梯"呼——嗞——嗞——嗞"地响着。铁笼子"当"的一声打开了。过厅里有人拖着轻轻的脚步朝他走过来了。一只手像一片叶子般地落在他肩上,用柔和的声音说着:"咱们到那边去坐吧——那儿可以望到马路。树木多可爱啊。"于是,他朝前走去,那只手依然扶着他的肩头,拖曳着轻盈脚步走在他身旁。他拉出一把椅子,她徐徐地坐上去,头靠着椅背,胳膊搭在椅边上。

"你把那只椅子拖近一点好不好?离得太远啦。"

但是他并没动弹。

"你的披肩呢?"他问道。

"哦!"她沮丧地小声呻吟道,"我多蠢啊,把它丢在楼下的床上了。不碍事的,请不要去取它。我用不着,我知道我用不着。"

"你还是披上好。"他掉过身去,疾步跨过阳台,走进昏暗的过厅。那里铺着猩红色长毛绒地毯,还摆着镀金家具——魔术师的家具——上面贴着英国教会举行礼拜的通知;它那绿呢面布告牌上,招领的信件堆在黑格子里。教友送的一只大钟,每隔半小时报一次,一头木制的褐熊拢着一束拐杖、雨伞和阳伞。走过两株枝叶折断的棕榈,它们立在楼梯脚下,活像是两个老乞丐。他一步三级地跳上大理石阶,走过平台上那和活人一般大小的两个壮实的村童塑像,他们的大理石围嘴里兜满了大理石葡萄。又沿着破碎的旧锡盒、皮箱和帆布袋堆积如山的走廊,来到自己的房间。

女仆正在他们屋里,边把肥皂水倒进桶里,边大声唱歌。窗子敞着,遮板被推到后面,耀眼的阳光射了进来。她把地毯和白色大枕头甩到阳台栏杆上。蚊帐从床上撩起来,箍住。写字台上放着一只盘子,里面净是绒毛和火柴头。一看见他,她那细小而无礼的眼睛突然亮了一下,歌唱改成低哼了。他毫无表示,只用眼睛扫视了一下这间炫目的房间。披肩究竟在哪儿呢?

"你要什么吗,先生?"①女仆以嘲笑的口吻问道。

没有回答。他已经看见它了。他大踏步跨到房间对面,抄起那蛛网状的灰色披肩,就"砰"的一声关上门,走出去了。女仆可着嗓门尖叫的声音,沿着走廊尾随着他。

"啊,你来啦?出了什么事?什么事拖住了你?你瞧,茶在这儿哪。我刚派安东尼奥去取开水。多奇怪呀!我跟他至少说过六十遍了,可他还是不肯送来。谢谢你。好极啦。朝前弯下身

---

① 原文为法语。

子,就觉得出风有点凉。"

"谢谢。"他端起茶,在另一把椅子上落座,"不,什么都不吃。"

"哦,一定得吃!只吃一片。午饭你只吃了那么一点点,晚饭要过好几个钟头才开哩。"

当她屈身递给他饼干时,她的披肩滑下来了。他拿了一片,放在自己的碟子里。

"哦,马路旁边那些树,"她叫道,"我永远也看不厌。它们就像是最精致的羊齿草。你瞧那株银灰色茎、开了一簇米色花儿的。昨天我掐下一枝闻了闻,啊,真香啊。"她闭上眼睛回忆着,声音越来越小、细而轻微,"像是刚刚碾碎了的肉豆蔻。"她略顿一下,朝他掉过身来,笑问道,"你一定知道肉豆蔻是什么香味吧?——知道吗,罗伯特?"

他也朝她笑笑。"这会子我该怎样向你证明我知道呢?"

安东尼奥不仅拿来开水,在托盘上还放了几封信和三份报纸。

"哦,邮件!啊,多好呀!哦,罗伯特,不能都是你的吧!是刚到的吗,安东尼奥?"她向前探着身子,扬起她那纤细的手,在安东尼奥递过来的信件上晃了晃。

"刚到的,太太,"安东尼奥咧嘴笑了笑,"我亲自从邮递员手里接过来的。我要他直接交给我。"

"你真是好样儿的,安东尼奥!"她笑道,"喏——这些是我的,罗伯特,其余都是你的。"

安东尼奥猛地转过身去,手脚僵直,脸上的笑容消失了。他那带条纹的亚麻布上衣和平整、闪闪发光的镶边,使他看上去活像一只木偶。

塞尔斯拜先生把信揣进兜里,报纸摆在桌上。他转着戒指,转着小指上的图章戒指,直勾勾地朝前望着,茫然眨巴着眼睛。

但是她——手端着茶杯,另一只手拿着几页薄纸,头朝后歪着,嘴唇略启,颧骨上一抹红晕,啜啊啜,喝啊喝的。……

"是洛蒂写来的,"她柔声咕哝道,"可怜的乖乖……真麻烦……左脚上。她以为是……神经炎……布莱恩大夫……脚心扁平……按摩。今年有那么多知更鸟……女仆非常令人满意……印度上校……米谷全脱粒了……降了很大一场雪。"

· 蜜 月 ·

她从信上抬起那双炯炯有神的大眼睛,"雪,罗伯特!想想看!"她摸了摸别在自己那消瘦的胸脯上的一束深色小紫罗兰,又把视线转到信上去了。

……雪。伦敦下了雪。米丽正喝着早晨那杯茶。"昨天夜里下了好大一场雪,先生。""哦,是吗,米丽?"窗帘"唰"的一声拉开了,隐隐射进一道苍白的光线。他在床上坐起来,瞥见对面那些坚固的房子,一栋栋都罩上了白雪。窗棂里堆满了大块大块的白珊瑚。……浴室——俯瞰着后院。雪——到处覆盖着厚厚的雪。草坪上遍布波浪状的猫爪痕迹;花园桌子上结了厚厚一层冰;金链花树的枯荚变成了白缨;唯有常春藤还东一片西一片地露出深色的叶子。……他在饭厅炉火前烘着背,放在椅子上的报纸快烤干了。米丽拿着熏猪肉。

"喏。要是出一个先令的话,外面有两个小男孩儿愿意替咱们铲掉台阶上和大门前的积雪。先生,我可以让他们干吗?"……然后吉妮就轻轻地、轻轻地飞快跑下楼梯。"啊,罗伯特,多好哇!啊,真舍不得让它化掉!小猫咪在哪儿?""我去向米丽要。"……"米丽,要是小猫在你那儿,就把它交给我吧。""好的,先生。"他感觉到它那颗小小的心脏在他手下怦怦直跳。"来吧,老家伙,你太太要你哪。""哦,罗伯特,请让它看看雪——这是它头一次看到雪。要不要打开窗户,给它一小撮雪,让它抓在爪子里。……"

"喏,总的来说,非常令人满意——非常。可怜的洛蒂!亲爱的安妮!我巴不得可以给他们送点雪去。"她一边朝着那灿烂、耀眼的花园挥着那几封信,一边大声说,"还要茶吗,罗伯特?罗伯特亲爱的,再来一杯吗?"

"不,谢谢,不要啦,茶真不错。"他慢声慢气地说。

"喏,我那杯可不好喝,活像碾碎的干草。哎呀,一对度蜜月的新婚夫妇来啦。"

他们一道提着篓子、钓竿和钓丝,连跑带颠地沿着马路冲过来,跨上矮矮的石阶。

"哎呀,你们钓鱼去了吗?"美国女人嚷道。

他们上气不接下气地喘着说道:"是的,是的,我们坐小船去了一整天,钓到了七条。四条可以做来吃,可是有三条要送掉,给娃娃们。"

索尔思贝太太转过椅子来瞧;托普诺特两姐妹撂下了蛇状的毛线活儿。那是一对长得黧黑的年轻人——乌发,橄榄色皮肤,明亮的眼睛和雪白的牙齿。他照"英国方式"穿着法兰绒上衣,白长裤白鞋,脖子上围了条丝巾。他已谢了顶,梳了个大背头,不断地用一块颜色鲜艳的手绢揩着前额,擦着手。她的白裙子湿了一块,脖颈和喉咙被染成了深粉红色。当她举起胳膊时,腋窝里涔涔的汗水便露了出来,湿淋淋的鬈发贴在她脸上。看上去仿佛她那年轻的丈夫曾把她浸在海里,又捞了出来,在阳光下晒干,然后再浸下去——就这么折腾了一整天。

"克雷蒙索想要条鱼吗?"他们嚷道。他们那极兴奋的笑声像小鸟一般扑打着玻璃阳台,篓子里发出一股古怪的咸腥味。

"今天晚上你们会睡得很香。"一位托普诺特边用编织针掏耳朵边说着,另一位含笑点着头。

度蜜月的一对面面相觑。他们像是思潮汹涌,倒吸了一口气,哽塞住了。又犹豫了一下,随后朗笑起来——笑个畅快。

"我们太累啦,上不了楼。只能在这儿喝茶。就在这儿——咖啡。不——茶。不——咖啡。茶——咖啡,安东尼奥!"

索尔思贝太太转过身来。

"罗伯特!罗伯特!"他刚才在哪儿?不在那儿。啊,他在阳台那一头,掉过身去,抽香烟哪。"罗伯特,咱们去散一会儿步好吗?"

"好的。"他把香烟在烟灰缸里掐灭了,眼睛望着地,溜溜达达地走了过来,"你够暖和吗?"

"啊,很暖。"

"真的吗?"

"喏。"她挽住他的臂,"也许——"并轻轻地按了一下,"也许你可以替我把短斗篷取来——不在楼上,就在过厅里挂着哪。"

他把它取了来。当他替她往肩头上披时,她弯下小小的头。然后,他拘谨地把胳膊伸给她。她亲切地朝阳台上的人们鞠了一躬。这当儿,他竭力忍住一个哈欠,他们就一道走下台阶。

"你有这个!"①美国女人说。

---

① 原文为蹩脚的法语。

## 蜜 月

"他不是个男人,"年长的托普诺特说,"他是一头公牛。早晨我这么对我妹妹说,而晚上躺在床上,我又告诉她——他才不是男人呢,是一头公牛!"

那对度蜜月的夫妇的笑声旋转着,翻滚着,飞扑着,撞在阳台的玻璃上。

太阳还老高老高的。花园里每一片叶子、每一朵花都摊开了,一动也不动,好像精疲力竭了,微颤的空气里充满着醇美、浓郁的馨香。仙人掌那肉质的厚叶子里伸出一根沉香茎,上面累累开着仿佛是用奶油砌成的苍白的花;棕榈那高举着的尖形叶片上,亮光闪闪;花坛里开着宛如蜡制成的猩红的花朵,一些黑昆虫在上面发出嗡嗡声;一株有着黑玉斑点的巨大、艳丽、橘黄的攀缘植物,缠绕在墙上。

"我完全用不着披斗篷,"她说,"实在太暖和了。"于是,他帮她脱下来,挎在胳膊上,"咱们沿着这条小路走下去吧。今天我觉得非常舒坦——比往日好得出奇。天哪——瞧那几个孩子!想想看,都十一月啦!"

花园角落里有满满两桶水。三个小妞儿周到

地脱掉衬裤,将它们搭在灌木丛上,把裙裾挽到齐腰那么高,站在桶里踩水。她们尖声叫嚷着,头发披散到脸上,往对方身上泼水。但是那个独占一只桶的最小的女孩儿蓦地往上一瞧,瞥见了有人在看着她们。刹那间她似乎吓呆了,旋即笨拙地挣扎着从桶里拼命爬出去,依然把裙裾挽到腰部,边尖声喊着"英国人!英国人!"边跑去躲藏。其他两个也连喊带叫地跟着她。一眨眼的工夫她们便跑得无影无踪。转瞬之间,除了那两只水都快漫出来的桶和她们那搭在灌木丛上的小衬裤之外,什么都不见了。

"多——么——古怪呀!"她说,"她们为什么吓成那个样子?她们无疑是太小了,不会……"她抬起眼睛望了望他。她觉得他的脸色苍白,但是以那尖长带刺的热带巨树为背景,他显得英俊极了。

他没有立即回答。随后两人的视线相遇了。他照往常那样慢条斯理地微笑着说:"非常①离奇!"唉,她感到简直要晕过去了。唉,为什么只

---

① 原文为法语。

· 蜜 月 ·

因为他说了那样的话,她就对他那般痴情呢?非常①离奇! 这是彻头彻尾的罗伯特。除了罗伯特,谁能说得出这样的话? 他是如此了不起,如此聪明,学问如此渊博,而用的又是如此奇妙、稚气的腔调……她都快要哭了。

"你知道,你有时非常荒谬。"她说。

"我是这样的。"他回答道。随后他们继续走去。

但是她累了。她已经走够了,再也不想走了。

"把我留在这儿,你自己去散一会儿步好吗? 我挑一把长椅坐坐。你替我取来这件短斗篷,真是做了件好事。你用不着再上楼去取条围毯啦,谢谢你,罗伯特。我就来观赏一下那些可人的天芥菜花。……你不会走多久吧?"

"不——不会的。一个人留下来,你不介意吗?"

"瞎扯! 是我要你去的。我不能指望你每分钟都给你生病的老婆拖住。……你去多久?"

他掏出表来。"现在四点半刚过。我五点一

---

① 原文为法语。

刻就回来。"

"五点一刻就回来。"她重复了一遍,随即静静地躺在长椅上,交抱着双手。

他转过身要走了,突然间又回来。"喂,这个,你想要我的表吗?"他在她面前晃着它。

"啊!"她屏住了气,"非常,非常想要。"她用手指紧紧攥住那只表——暖和的、可爱的表,"现在,快走吧。"

华美别墅公寓的大门敞开着,门里长着枝叶茁壮的天竺葵。他略弯着腰,直勾勾地望着前方,迅疾地从它们旁边走过,攀上丘陵。丘陵蜿蜒在镇子后面,宛如一根巨绳,将一座座别墅圈在一起。尘土积得厚厚的。一辆马车稳稳地驰向华美别墅公寓,里面坐着将军和伯爵夫人。将军每天都出去兜兜风,这是刚刚回来。索尔思贝先生躲闪到一边去,但是灰尘飞扬,厚而呈白色,像羊毛一般令人窒息。伯爵夫人刚好来得及用臂肘碰了碰将军。

"那儿走的就是他。"她恶狠狠地说。

但是将军嗷地叫了一声,连睬都不屑于睬。

"是那个英国人。"马车夫掉过身来笑吟吟地说。伯爵夫人扬起双手,和蔼地点了点头。于是,马车夫满意地啐了一口,给了那匹打着趔趄的马一鞭子。

走啊——走啊——走过一栋栋镇上最漂亮的别墅,那些宏伟华丽的邸宅值得老远跑来参观一下;穿过公园,里面有人工开凿的洞穴、雕像,以及在喷泉那儿饮水的石兽;接着又踱进了较穷困的地区。这里,道路既窄且脏,两边是寒碜的高房屋,底层空着,充当马棚和木匠作坊。前方的一座喷泉那儿,两个面带凶相的丑老婆子在捶打亚麻布。当他从她们跟前走过时,那对蹲着的婆子臀部朝后挪了挪,盯着他,接着,发出一阵"啊——哈——咔——咔"声,伴随着用石头捶亚麻布的啪嗒啪嗒声,一直跟踪着他。

他爬上丘陵的顶巅,拐了个弯,镇子便消失了。他俯瞰一道深谷,底下是一片干涸的河床。东一处,西一处,遍地是小破房子。石质阳台已坍毁,撂着一些干了的水果。庭园里种了一排排的西红柿,从大门到房门口,搭着葡萄架。傍晚那深邃的金色阳光弥漫在杯状的山谷里。空气里有木炭气味。人们在庭园里采着葡萄。他望着那个站在绿荫下的男人,怎样直起身来,用一只手抓住黑黑的一嘟噜,用掖在腰带上的刀子一割,便把那一嘟噜放在扁平的船状筐子里。那个人自由自在、一声不响地劳动着,花上几百年的光阴去干这活儿。马路对面的篱笆上,石缝里长着小得像浆果的葡萄。他倚着一堵墙,把烟斗装满,划了根火柴。……

他倚着一扇大门,把胶布雨衣的领子翻起来。天在酝酿着一场雨。没关系,他是有准备的。十一月,只能这样。他放眼望着光秃秃的田野。从大门旁的角落里飘来了芸苔的气味,那么一大堆,湿漉漉的,颜色难看透了。两个男人朝那零乱散落的村庄走去。"你好!""你们好!"哎哟!倘若想赶那趟火车回家,就得抓紧时间。穿过大门,越过田野,跨过栅栏,走上小径,冒着风雨,在薄暮中甩着胳膊往前奔。……到家时,刚好来得及在晚餐前洗个澡,换换衣服。……在客厅里,吉妮挨近炉火坐着。"哦,罗伯特,我没听见你进来。你逛得开心吗?你身上多香呀!礼物吗?""我替你摘了一点黑莓。颜色挺好看的。""哦,真可爱,罗伯

· 蜜月 ·

特!丹尼斯和贝蒂要来吃晚饭。"晚饭——冷牛肉,带皮的烤马铃薯,红葡萄酒,家常面包。他们很快活——人人都在笑。"啊,我们都认识罗伯特。"丹尼斯说,他朝眼镜上哈口气,揩拭着。"喏,丹尼斯,我偶然弄到非常精致的一个小小的版本……"

时钟敲响了。他猛地转过身来。几点钟啦?五点?过一刻啦?他又原路折回去。当他穿过大门时,只见她正翘首张望着。她站起来,摆摆手,慢慢迎过来,拖着沉甸甸的短斗篷。她手里拿着一小枝天芥菜花。

"你晚了,"她快乐地大声说,"迟到三分钟。这是你的表,你不在的时候,它走得很准。你逛得有意思吗?愉快吗?告诉我,你到哪儿去啦?"

"我说——把这个穿上。"他边把短斗篷从她手里拿过来边说。

"好的,我穿。是啊,天越来越凉啦。咱们进屋去吧。"

当他们走到电梯跟前时,她咳嗽起来,他皱了皱眉。

"没关系。我并没有在外面待很久。别生气。"她在一把红长毛绒椅子上坐下来。这当儿,他一个劲儿地按铃,不见反应,就一直把手指放在铃上。

"啊,罗伯特,你觉得应该这样做吗?"

"应该哪样做?"

大厅的门开了,从里面传来了话语声。"怎么回事?这噪声是谁弄出来的?"克雷蒙索汪汪吠起来了。将军发出了嗷嗷声。托普诺特姐妹中的一位,一只手捂着耳朵,一个箭步蹿了出去,打开了工作人员休息室的门。"奎特先生!奎特先生!"她大声咆哮。于是,经理跑过来了。

"是您在按铃吗,索尔思贝先生?您要乘电梯?好极了,先生,我亲自给您开。其实,安东尼奥不一会儿就来,他只是去解下围裙……"把他们领进电梯后,那位圆滑透顶的经理走到大厅门口去,"女士们,先生们,让你们受惊了,非常抱歉。"索尔思贝站在电梯里噘着腮帮子,瞪着电梯顶棚,一边旋转着戒指,小指上的图章戒指。……

进了房间后,他匆匆走到脸盆架那儿,摇了摇瓶子,替她倒出一份药水,送了过来。

· 蜜 月 ·

"坐下,喝了吧。不要说话。"他站在她身旁,她乖乖照办了。然后他拿起玻璃杯,涮了涮,放回盒子里。"你想要个靠垫吗?"

"不,我很舒服。过来吧,挨着我坐一会儿好吗,罗伯特?啊,这太好了。"她掉过身去,把那朵天芥菜花插在他的大衣翻领上,"这,"她说,"非常相称。"随后她把头靠在他肩上,他一只胳膊搂着她。

"罗伯特……"她的声音像是在叹气——像是在呼吸。

"唉——"

他们在那儿坐了好半晌,天空烧得通红,接着又变得苍白,两张白床恰似两条船。……后来他听见女仆提着热水罐沿着走廊跑去的声音,就轻轻地松开她,拧亮了灯。

"啊。什么时候啦?哦,多么可爱的傍晚。喂,罗伯特,今天下午当你走开的时候,我在想……"

他们是最后一对走进饭厅的。伯爵夫人在那儿,带着她的长柄眼镜和扇子。将军坐在他那专用椅上,倚着充气靠垫,膝上铺了块小毯子。美国妇人在那儿,给克雷蒙索看一份《星期六晚邮报》……"我们正在享受着一桌理性的宴席,灵魂的交流。"那对托普诺特姐妹也在那儿,挨个儿摸着水果盘里的桃和梨,把她们认为不熟或过熟的,都挑在一边,好拿给经理看。度蜜月的那对把身子倚在桌上,喊喊喳喳说着话儿,几乎忍不住笑出来。

奎特先生在盛汤,他身穿便服,脚蹬白帆布鞋。穿晚礼服的安东尼奥给大家上汤。

"不,"美国妇女说,"端走吧,安东尼奥,我们不能喝汤。任何黏糊糊的东西我们都不能吃,对吗,克雷蒙索?"

"把它们端回去,盛满了!"托普诺特姐妹说。当安东尼奥传口信时,她们掉过身来瞧着。

"这是什么?米饭?煮烂了吗?"伯爵夫人隔着她的长柄眼镜盯视,"奎特先生,假若这是煮烂了的话,将军可以吃一点。"

"好极了,伯爵夫人。"

度蜜月的那一对没喝汤,却吃了他们自己钓来的鱼。

"给我那一条,是我钓的。不,不是那条。

对,是那条。不,不是那条。喏,它拿眼睛瞧着我哪,所以准是那一条。嘿！嘿！嘿!"他们两人的脚,在桌子底下勾在一起。

"罗伯特,你又什么都没吃。哪儿不舒服吗?"

"不,就是没有胃口。"

"啊,多伤脑筋。鸡蛋和菠菜来了。你不爱吃菠菜,对吧？将来我得关照他们一声……"

端给将军的是鸡蛋和土豆泥。

"奎特先生！奎特先生!"

"唉,伯爵夫人。"

"将军的鸡蛋又煮得太老了。"

"嗷！嗷！嗷!"

"非常对不起,伯爵夫人。再给您另外煮一个吧,将军?"

……他们两人是最早离开餐厅的。她站起来,围好披肩。他站在一旁,边等着她过去,边旋转他的戒指,小指上那个图章戒指。奎特先生在大厅里转悠哪。"我知道你们怕等电梯。安东尼奥正在给大家端洗指钵呢。很抱歉,电铃不响啦,出了毛病。我也闹不清是怎么回事。"

"啊,但愿……"她说。

"进去吧。"他说。

奎特先生跟进来,"砰"的一声关上了电梯门。……

……"罗伯特,我要是很快就上床,你不见怪吧?你要不要下楼到大厅去,或者到花园里走走?也许你可以在外面阳台上吸根雪茄烟。那里蛮可爱,而且我喜欢闻雪茄的气味——我一向喜欢。但是,如果你情愿……"

"不,我就坐在这儿。"

他端把椅子坐在阳台上。他听见她在屋里走动,轻轻地、轻轻地移着步,窸窣有声,然后朝他走过来。"晚安,罗伯特。"

"晚安。"他托起她的手,吻吻手心,"别着凉。"

天空是翡翠色的。繁星密布,一轮巨大的白月悬挂在花园上空。远远地,闪电呼扇呼扇的——像翅膀一样呼扇着——像受伤的鸟儿那样拍翅欲飞,沉下去又重新挣扎上来。

大厅里的灯光投射到花园小径上,还传来了弹钢琴的声音。那位美国妇女打开法国落地窗,

· 蜜 月 ·

把克雷蒙索撒到花园里去。她喊了一声:"你们看见这月亮了吗?"但是没有人搭理她。

他坐在那儿凝眸望着阳台栏杆,感到冷得厉害。他终于走进来。月亮——月光把房间映白了。亮光在镜中颤抖。两张床恍若飘浮起来。她睡着了。隔着蚊帐,他瞥见她斜倚着一摞枕头半坐着,白皙的手交叉在被单上。她那白嫩的面颊和金色头发紧贴着枕头,整个儿镀上一层银。他赶紧悄悄地脱了衣服,钻进被窝。躺在那儿,双手交叉在头下。

……在他的书房里。夏末。五叶地锦正在变色。……

"喏,亲爱的老兄,总之,整个情况就是如此。倘若她不能马上离开两年,到气候适宜的地区去撞撞运气,那么她就彻底没救了。关于这些事情,我还是对你直言不讳的好。""哦,可不是嘛。……""见鬼,老家伙,你陪他去,有什么不可以呢?你又没有正式的职业,不像我们这些挣工资的。不管走到哪儿,你也可以照样工作……""两年。""是的,我估摸得两年。你知道,你不费吹灰之力就可以把这座房子租出去。事实上……"

……他陪伴着她。"罗伯特,糟糕的是——我估计自己这身病——我就是觉得单独一个人去不了。你瞧——你是一切。你是面包和酒。罗伯特,面包和酒。啊,我亲爱的——我在说些什么呀!当然我可以去,当然我不会把你拽走……"


他听见她在动弹。她要什么吗?

"布格尔斯吗?"

天哪!她在说梦话呢。他们已经多年没用这个名字了。

"布格尔斯,你醒着吗?"

"醒着哪。你要什么吗?"

"啊,我快成你的累赘了,我真抱歉。你介意吗?我的蚊帐里有只挺讨厌的蚊子——我听得见它在嗡嗡叫。你能逮住它吗?我不愿意动,怕影响心脏。"

"不,别动。好好躺着吧。"他拧亮了电灯,撩起蚊帐,"那个小乞丐在哪儿呢?你找到它了吗?"

· 蜜 月 ·

"是的,就在高头那角落里。喏,把你拖下床来,我觉得自己太可恶了。你不怪我吧?"

"当然不。"他穿着那身蓝白相间的睡衣,扑腾了一阵子,随后说,"逮住啦。"

"啊,好极了。它都吸饱肚子了吧?"

"吸饱了。"他走到脸盆架那儿,把手指浸在水里,"你现在好了吗?我要不要熄灯?"

"好的,劳驾啦。不,布格尔斯!再回到这儿,待一会儿。挨着我坐下,把你的手递给我。"她旋转着他的图章戒指,"你为什么没有睡着?布格尔斯,你听我说。我有时候想知道——你陪我到这儿来,会不会很介意?"

他弯下腰去,吻了吻她。他替她掖好被子,把枕头摩挲平,在她耳边小声说:"瞎胡扯!"

(1920)

# 一个已婚男人的自述

一

这是傍晚,已用过饭了。我们离开了冰冷的小饭厅,回到生了炉子的起居室。一切都跟往常一样。我在横置角落里的书桌前坐下来,也就是说,面对着房间。有着绿罩的灯已经扭亮了,我面前摊开了两大本参考书,还有一沓文件。其实,这些都是大忙人的点缀。我老婆坐在炉火前一把矮椅上,小男孩儿在她的膝上。她这就要打发他睡下了,然后再撤下盘子,将它们高高地堆在厨房,等女仆明天早晨来洗。但是室内的暖意、寂静,以及昏昏欲睡的娃娃,都使她恍恍惚惚。他的一只红羊毛袜脱掉了,另一只还在脚上。她朝前弯着身子坐在那儿,握着那小小的光脚,盯着火光。火苗忽起忽落,接着又熊熊燃烧起来。她的影子——好大一幅"母子图"——一会儿在这里,一会儿又晃到墙上。……

外面在下雨。我喜欢揣想百叶窗后面那扇湿淋淋、冰凉凉的窗户,再过去就是庭院里那片黑魆魆的灌木丛,宽阔的湿叶子熠熠放光。篱笆后面是发着微光的马路,两道小水沟嘎哑地吟唱着,还有路灯的影子像鱼尾般颤动着。我身在这里,心在那里,仰望着混沌的天空,觉得全世界准都在下雨——整个地球都浸在雨水中,发出柔和、急遽的啪嗒声,或是猛烈而连绵不断的哗啦哗啦声;要么就是汩汩声和类似哭笑的声音夹杂在一起;还有水轻轻地、嬉戏地溅入静静的湖泊和滔滔的河流的声音。同一瞬间,我来到一座奇异的城市,钻到马车篷底下。马车夫几乎把气喘吁吁的马儿身上的披革都抽掉了。我们一个驿站一个驿站地奔驰,躲开左一个人,闪过右一个人。一路上我觉察到高大的房屋,那些为了防备夜晚而紧闭的门窗,还有那滴答着水的阳台和湿润的花盆。我仓促间从荒凉的庭园里穿过,闯进发着一股潮气的凉亭(你晓得,在雨中,凉亭的木头多么松软,几乎是要塌的样子)。我站在黑咕隆咚的码头上,把船票递到披着油布的老水手那红红的湿漉漉的手里。海的味道多么浓烈啊!系在一起的小船相互碰撞发出多么大的响声啊!我正走过那潮湿的、堆着草垛的院子,头上顶着一只旧袋,拎着一盏灯。看家犬宛如门前湿透了的擦鞋垫,蹦跳起来,摇晃着身子朝我扑过来。而今我又沿着一条空荡荡的路走去。水洼子躲也躲不开,树木在摇撼——摇撼。

但是,这些你尽可以数落个没完没了——没结没完——直到你撩起白星海芋那唯一的一片叶子,发现上面趴着小小的蜗牛;直到你数起……然后又怎样呢?难道这不正是我的感情留下的痕迹和印记?莫非是有人踏过滴着露水的草,所踩出的一条条晶莹的绿痕?并不是感情本身。我正冥想时,一个悲戚而又狂喜的嗓音开始在我心里歌唱。是的,这也许接近于我的意思。这是怎样一副歌喉啊!多么洪亮!绵软如天鹅绒!妙极了!

突然间,我老婆急转过身来。她知道——知

道多久了?——我并没有在"工作"。奇怪得很,她两眼睁得大大的,却那么怯生生地微笑着,并用迟迟疑疑的音调说:"你在想什么?"

我微微一笑,照我的老习惯,用两个指头在额头上一画。"什么也没想。"我柔声回答。

她听罢移动了一下,依然竭力以漫不经心的口吻说:"哦,可你一定是在想些什么!"

这下子我们的视线真正地完全相遇了,我料想她的脸在颤抖。难道她永远也不会习惯于这样简单的,也可以说是平平常常的小小谎言吗?难道她永远也学不会不去暴露自己,或是摆开防御架势吗?

"我确实什么也没想。"

哎呀!我好像看见这句话向她刺去,她掉过身去,把娃娃脚上的另一只红色短袜脱掉,扶他坐起来,着手解他背后的纽扣。我纳闷那柔软而滚来滚去的小把戏竟能看见什么,感觉到什么。这会子她在膝上把他翻了个过儿,从这个角度看,他那柔嫩的胳膊腿儿活动得酷似一只小螃蟹。奇怪的是我不能把他和我老婆,以及我本人联系在一起——我从未把他当作我们自己的。每逢走进过厅并瞥见那辆婴儿车,我便发觉自己在思忖:"哼,准是有人带个娃娃来了!"或者,当他半夜里啼哭,把我吵醒了,我就恨不得责备老婆不该从外面领个娃娃进来。说实在的,虽然尽可以揣想我老婆有强烈的母性感情,我却不认为她是能生养娃娃的那种女人。区别大得很哪!像我们认为应该在年轻的妈妈身上所能找到的那种虎虎生气、玲珑洒脱,突然间吻一下抱一把……在她身上怎么不见呢?连一点点影子也没有。我相信当她给娃娃系软帽时,她觉得自己不像是个妈妈,倒像是个姨母。当然,我兴许看错了。她也可能一心一意地爱着娃娃。……可我不认为是这样。无论如何,对自己的老婆有这样的感觉,是不是有点儿不正当?不论正不正当,我就是有这种感觉。还有一点。我怎能适度地期待我的老婆,一个伤透了心的女人,花时间去摇娃娃呢?我这话说得不着边际,就连那颗心还未伤透时,她也从未动手去摇娃娃啊。

现在她把娃娃抱到床上去了。我听到她迈着轻盈、谨慎的步子从餐室和厨房之间穿过去,接着又折回来,随后就传来了盘子碰撞的铿锵声。这会子寂静无声了。眼下发生着什么事?哦,我了如指掌,就好像走过去看过一样。她站在厨房中央,隔窗望着雨哪。她低着头,用一根指头在桌上摸索着什么——什么也没摸到。厨房里很冷,煤气吐着火舌,水龙头在滴答。这是一幅凄凉情景。谁也不会从背后走过来,用双臂搂住她,吻她的柔发,把她领到火边,将她的手重新揉暖。没有人会去招呼她,或是纳闷她在外屋干些什么。这,她是晓得的。然而,身为女人,在心灵深处、深处,她确实期待着会发生奇迹。她确实宁肯承受那黢黑黢黑的骗局,也不愿就这样生活下去。

二

就这样生活下去。……我写下这几个字,写得很认真、很漂亮。由于某种原因,我颇想署上自己的名字,或在下面写上——试一支新笔。但是,说真格的,推敲起看上去无伤大雅的一个句子的内涵,不使人大吃一惊吗?我想试一试,非常想试一试。场面:晚餐桌上。老婆刚递给我一杯茶。我搅了搅,举起羹匙,无心地追逐,随后捞到一小片茶叶,把它弄到边上之后,轻声咕哝着:"咱们将——照这样继续过上——多久呢?"紧跟着就是一场著名的"令人眼瞎的闪电和震耳欲聋的咆哮。巨大的碎片(应该承认,我是喜欢碎片的)被抛到空中……当滚滚黑烟飘走之后……"但是这永远不会发生,我也永远不会尝到这种滋味。我会像他们所说的,"完整无损"。"打开我的心,你就明白了……"

为什么?啊,这回你问着我了!在所有的问题中,这是最难回答的。人们为什么要在一起过日子?抛开"为了孩子们""多年来的习惯",以及"经济上的原因",这些只不过是律师的无稽之谈,倘若你真正想弄明白为什么人们不分离,你就会发现一个奥秘:因为他们不能,他们被缚在一起了。除了他们自己,天下再也没有人知道他们究竟是被什么样的羁绊缚在一起的。我说得是不是太含糊了?喏,这档子事本身就并不那么特别透明,对吗?让我这样来说吧:假定你先完全得到他的,随后又得到她的信任。假定关于这两个人的情况,凡是该知道的你统统知道了。你不但对这种情况寄予最深切的同情,还最坦率、公平地进行了批评。然后你就非常沉着地(但是不免带有一点欣慰的意味。因为我敢断言,连最好的人身上,都有那么一种只消想到要破坏什么,就会高兴地跳起来欢呼"哎呀"的因素)说:"喏,我的意见是,你们二位应该分开。你们两人在一起丝毫没有好处。说真格的,依我看来,你们彼此都有义务使对方得到解脱。"接着发生了什么事呢?他——和她——同意了。他们也深深相信是这样。你所说的不过是他们昨夜一直所想的。他们马上就要照你的忠告去行事了。……而下次你听到的关于他们的消息是:他们依然在一起过着。你瞧——你没有把这未知的因素估计在内吧——那就是他们相互间的秘密关系;即使他们想把它透露出来,也是办不到的。你只能讲这么多,不能再讲下去了。啊,可别误会我的话!这不一定和他们同床共枕这一点有什么关系。……但这使我联想到我时而转的一个念头,那就是:据我们所知,人和人并不是自己选择对方,而是人的主宰——寄在人身上的第二个自我,根据它的特殊目的而替他做出选择。听起来也许牵强附会到了荒唐的地步:做出反应的是对方的第二个自我。朦朦胧胧地,朦朦胧胧地——或者是我这么觉得——我们意识到这一点：无论如何，意识到试图逃避是毫无希望的。因此，实际上就是：倘若我老婆和我的非永久性的自我感到满足的话，对我们来说就更好一些①；要是感到痛苦的话，就更糟一些②。……可我不晓得，不晓得。也许我是极特殊的——我有这种感觉（对，这甚至是一种感觉），我们是一些小动物——酷似贝类，从大门旁的哨房往外盯着看。这些面色苍白的小仆人，隔着门口的玻璃箱向外凝望。他们甚至说不准主人是否在家。……

门开了……我的老婆。她说："我要上床了。"

我抬头呆呆地望了望，并且呆呆地说："你要上床啦。"

"对，"她略微顿了顿，"不要忘了——好不好？——把门厅里的煤气拧灭了。"

我又重复了一遍："门厅里的煤气。"

过去有个时期，我这个习惯——而今确实成了习惯，当时还不是——曾经是我们之间的一个

---

①② 原文为法语。

· 蜜 月 ·

最甜蜜的玩笑。起初当然是这样的:有好几次我真正忙于工作,所以没听见。当我理会到的时候,只见她正在摇头朝我笑呢。"你连一个字也没听见!"

"没有。你说什么来着?"

她为什么觉得这件事如此可笑而有趣呢?她这么觉得——从而感到高兴。"哦,亲爱的,这多么像你呀!是这么——这么——"我知道,她因此而爱我。我知道她准是在盼着来打扰我,而我呢,照例在逗弄她。她担保我每晚十点半就可以专心致志地工作了。可现在呢?由于某种原因,我觉得不再表演下去就太露骨了。最简单的办法就是继续玩这套把戏。但是今晚她在等待什么?她为什么不走开?为什么如此拖延?她要走了。不,她手扶门把,重新掉过身来,屏着气,用最奇特的小声说:"你不冷吗?"

哦,如此缠绵是不公道的!简直讨厌透顶。我浑身打哆嗦,勉强慢慢地挤出个"不"字来,同时用左手翻弄着参考书的篇页。

她走了。今晚她不会再回来了。不但我看出这一点来,连屋子也变样了。它像个老演员那样松弛下来,从容地抹去假面具,表情不再紧张而专注了,换上一副庄重、忧郁的沉思神态。书的每一行,每翻一页都发散出倦意。镜子暗淡了,灰烬变白了,只剩下我那盏狡黠的灯还燃着。……但是这一切对我表示出何等嘲讽的冷漠!要么,我也许该受宠若惊吧?不,我们是相互理解的。你知道那些由狼群哺育大,并被狼族所接纳的幼童的故事吗?打那以后,他们便永永远远自由自在地在那些跑得飞快的灰色弟兄当中活动了。我身上也发生了类似的事。但是且慢!关于狼的那个故事不中用。真怪!在我把它写下来之前,当它还在我脑子里酝酿时,我很喜欢它。它似乎表达了,甚至表明了我要说的话。可是一旦写下来,我就立即嗅出其中的虚伪气味,以及……这种气味是"跑得飞快"一词发散出来的。你不同意吗?跑得飞快的灰色弟兄!"跑得飞快",这是我从来不使用的一个词儿。但是当我写到"狼群"时,这个词像影子一般掠过我的脑际,我就情不自禁地写下来了。告诉我!告诉我!为什么明白易懂地写,竟那么困难。不仅明白易懂,还要不事声张①——你明白我的意

---

① 原文为意大利语。

思吗?我渴望这样来写。不追求过分的夸饰——不要华丽的辞藻。只要平铺直叙,像只有撒谎者才能做的那样。

## 三

我点上一支香烟,向后靠靠,深深吸进一口——这时发现自己在纳闷老婆睡没睡着。或许她正躺在冰冷的床上,用那双深信不疑却又迷惑不解的眼神凝望着黑暗吧?她的眼睛活像是一路被赶着的一头母牛的眼睛。"为什么要赶我——我做了什么损害人的事?"但是我确实用不着对这种神情负任何责任,这是她天生的神情。有一天,她翻一只橱柜,找到了自己的一帧小小的旧照,是她做女学生时拍摄的。她解释说,穿的是受坚信礼①的服装。甚至在那时,她的眼神就是这样的。记得我曾问过她:"你的神情一向都那么忧郁吗?"她从我的肩后探过头来,轻快地笑道:

---

① 婴儿时受过洗礼的天主教徒,明白教义后接受坚信礼,以示成人。

"我显得忧郁吗？我想这只是……我的本色。"她等着我针对这帧照片说几句什么，可我正为她竟敢于把这帧照片拿给我看而感到惊愕。那是一帧难看的照片！我还纳闷她究竟有没有意识到自己长得多么毫无姿色，并且以为只要相互爱慕了，就不再挑剔，不论对方长得什么样也都认了。要么就是她真正欣赏自己的相貌，指望我说些恭维话。

哦，我太卑鄙了！我怎能忘记，为了避开亮光，她曾多少次掉过身去，将脸紧贴在我的肩上。尤其是，我又怎能忘记结婚的那个下午，当我们坐在植物园的绿凳上，听着铜乐队的演奏，刚奏完一支曲子，另一支尚未开始时，她蓦地转过身来，对我说："告诉我，你认为肉体美很重要吗？"她那腔调，就仿佛在问诸如此类的问题："你觉得草地太湿吗？"或"你认为喝茶的时间到了吗？"我不愿意去推想这话在她心里究竟重复过多少遍。你知道我怎么回答的吗？就在那当儿，仿佛经我下令一般，乐队发出刺耳而欢快的轰鸣。我竭力压过它的声音，快快活活地嚷道："我没听清你在说什么。"魔鬼一般！对吗？也许不完全如此。她看起来就像是听到外科大夫这么一句宣告的可怜的病人:"非动手术不可——但不用马上就动!"

## 四

但这一切都给人一种印象:我老婆在和我的共同生活中,从未真正幸福过。这不真实!不真实!我们幸福美满,洪福齐天。我们曾经是一对理想的夫妻。不论你在什么时间、任何地点看见我们在一起,倘若你尾随我们,跟踪我们,乘我们不提防,暗中侦查,你依然不得不承认:"我从未见过如此般配的、理想的一对。"然而这只是到去年秋天为止。

但是真要解释一下发生了什么事的话,我就得回到老早老早以前——我就得越缩越小,小到还没有楼梯扶手那么高。我用双手紧紧抓着栏杆,窥视着父亲,他在脚步轻盈地踱来踱去。楼梯口有几扇彩色玻璃。当他走过来时,他的脑袋起先映成深红色,随后又变成淡黄色。可把我吓坏啦!他们打发我上床后,我做了个梦:梦见我们住在父亲那些五颜六色的大瓶当中的一只里面。他是个药剂师啊。父母婚后九年,我才生下来。我是独生子。为了养下我这么个——想必是个又小又干瘪的崽子,我母亲竟耗尽了全部精力。她再也没离开自己的房间,成天就在床、沙发和窗户之间移动。我眼前清清楚楚地浮现出她成天坐在窗台旁,手托着面颊,朝外面凝望的形影。从她的房间里可以看到街道。对面是一堵墙,张贴着走江湖的戏班子和马戏团等的海报。我站在她旁边,我们注视那个身材苗条的红衣女郎在用阳伞敲打一位肤色浅黑的先生的头;或者就看那只隔着热带丛林眈眈而望的老虎。附近的一个小丑在鼻子上平衡着一只瓶子,不让它倒下来。要么就是个金发小妞儿,坐在一位头戴宽檐布帽的老黑人的膝上。……她不吱声。坐在沙发上的那些日子里,有一件我厌恶的法兰绒晨衣,还有个不断从硬邦邦的沙发上出溜下去的靠垫。我把它拾起来。上面绣着花儿和字。我问她那是些什么字,她悄悄地说:"安眠!"躺在床上,她就用手指将被边镶的穗子打成络子,很紧的小络子。她的嘴唇很薄。除了最后发生的一桩奇怪的"事件",这就是我所记得的关于母亲的一切了。

我的父亲……我蜷缩在角落里一个装海绵的

· 蜜 月 ·

圆盒盖上,久久地凝望着他。我的记忆里牢牢地留下了他那下半身似乎被柜台截掉的形影。秃光了的发亮的脑袋状如一颗薄皮鸡蛋,布满皱纹的奶油色腮帮子,眼睛下面垂着小小的眼泡,像把手一样的苍白的大耳朵。他的神态谨小慎微,狡诈,有些乐呵呵的,略带点鲁莽。远在我懂得欣赏这一切之前,我就知道它们在他身上混合在一起……我甚至经常在自己的角落里模仿他,朝前屈身,略将他那淡淡的讥笑再现出来。到了傍晚,他的顾客就以年轻女子为主了。有些人冲着他那有名的五便士一杯的兴奋剂,逐日光顾。她们那俗气的外表、她们的嗓门,以及那满不在乎的样子深深地吸引着我。我巴不得跟父亲换个过儿,隔着柜台递给她们盛在小玻璃杯里的蓝乎乎的东西,她们贪婪地一饮而尽。天晓得那是用什么做的。多年以后,仅仅为了想知道那是什么味道,我喝了一点,只觉得像是有人在我头上猛击一掌,我感到快要昏厥过去了。

我对一个晚上记忆犹新。天气寒冷——那准是秋天,因为喝完茶之后,就点燃了火焰摇曳的煤气灯。我坐在自己的角落里,我父亲在调制着什么。店堂里空荡荡的。门铃突然丁零零响了,一个年轻女子闯了进来。她呜呜痛哭,使劲地抽抽噎噎,听上去反倒不大真实。她披着镶毛皮的短斗篷,戴一顶吊着晃来晃去的樱桃的帽子。我父亲从屏风后面踱了出来。但是起初她还未能止住呜咽。她站在店堂中央,扭着双手,呻吟着。我再也没听到过那样的哭声。过一会儿,她设法气喘吁吁地说:"给我一点提神的!"随后,她深深地吸了口气,浑身战栗着从他身边走开,颤声说:"我有个坏消息!"借着摇曳的煤气灯光,我看到她的整个半边脸都肿了,而且发紫。嘴唇咬破了,眼睑活像是紧紧粘在湿漉漉的眼睛上面。我父亲把玻璃杯从柜台上推过去,她从长袜里掏出钱包,付了款。但是她喝不下去。她紧紧攥着玻璃杯,朝前方凝视着,仿佛不能相信自己所看见的东西。一仰头,眼泪就又夺眶而出。最后她撂下杯子——这是白费力气—— 一手拿起短斗篷,她又照原样从店里跑了出去。我父亲毫无表示。但是她离开后过了好久,我依然蹲在那个角落里。当我回想这段经过时,好像觉得整个身子都在颤动——"原来外界是这样的,"我思忖道,"外界就是这样子的。"

## 五

你记得自己的童年吗？我经常读到作家们所写的一些非凡的记述，他们断言自己"样样事"都记得。我肯定不是这样。一段段黑魆魆的时辰和空白在我的记忆中所占的位置要远远大于明亮的刹那。我的大部分时光就像是橱柜里的植物那样度过的。太阳偶尔照射时，一只漫不经心的手就将我推到窗台上，随后又把我匆匆搬回来。如此而已。我倒想知道，黑暗中究竟有些什么动静。人能够生长吗？惨白的茎……羞怯怯的叶子……迟迟不愿绽开的白色花蕾。难怪我在学校里要招人讨厌了。不知怎的，我知道自己那柔和而吞吞吐吐的嗓音使他们反感。我也知道，他们怎样扭过身去避开我那惊愕的、直勾勾的眼神。我又小又瘦，浑身散发着药铺的气味——我的外号叫格雷戈里·粉剂①。校舍是用锡板建成的，依傍着

---

① 原文作"Powder"，意即粉末、药粉、粉剂。

荒凉的山坡,操场那逐渐流失的土堤上有着血红的条痕。我躲在挂大衣的黑暗的过道里,给一个老师发现了。"黑咕隆咚的,你在那儿干吗哪?"他那可怕的声音要了我的命。我在他眼前像死去了一般。我站在那儿,周围是一圈伸出来的脑袋:有咧嘴笑的,有神情贪婪的,有吐唾沫的。天气总是那么冷。大朵大朵压扁了的云彩紧贴着天空飘过去。学校水槽里那生了锈的水结了冰。铃铛声发哑。有一天,他们在我的大衣兜里放了一只死鸟。一回到家,我就发现了它。哦,当我把那具柔软得可怕的、冰冷的小身子拽出来时,我的心怦怦地跳得多么奇怪啊。它的腿细得像大头针,爪子给扭在一起。我坐在院子里的后门台阶上,将鸟放在我的便帽里。脖颈周围的羽毛看上去是潮湿的,紧阖着的眼睛上面有一小撮羽毛,也是竖着的。它的喙闭得好紧!我看不出上喙和下喙之间的分界。我抻开一只翅膀,摸了摸底下那隐秘的柔毛。我试着让它的爪子抓住我的小指。但是我不曾为它伤心——没有!我只是觉得不可思议。烟从我们厨房的烟囱向下喷,一簇簇的煤烟渣子在空中轻飘飘地飞舞。一株可怜巴巴的植物,开着发红的、色彩暗淡的花儿,从铺了混凝土的院中那巨大的裂缝里拱出来。我又瞧了瞧那只死鸟。……记得那是我头一次唱歌——毋宁说是……倾听我内心中那个小笼子里的无声的嗓音。

## 六

但是这一切和我婚后的幸福有什么关系呢?这一切怎么能影响我的老婆和我呢?为什么为了说明去年秋天出的事我要回顾过去呢?过去——什么是过去?我可以说,那株可怜巴巴的植物叶子上的一粒星形煤烟渣子,以及躺在我那便帽软里上的鸟儿、我父亲的碾槌和我母亲的靠垫,是属于过去的。但这并不是说,它们不再像我亲眼看见它们、亲手抚摸它们时那样属于我了。不,它们越发属于我了——成为我有机的一部分。事实上,当我对着这张桌子坐在这里时,我不是自己的过去,又是谁呢?倘若我否认这一点,我就什么也不是了。倘若我试图把自己的一生分作童年、少年、壮年等,那就显得矫揉造作了。我应该知道,我之所以这样做,是因为画道道,用绿墨水表示童年,红墨水表示下一阶段,紫墨水表示青年期,会给人以愉快郑重的感觉。我学到的一点,我相信的一点是:无论什么事都不会突然发生。对,我想这大概就是我的信仰。

例如我母亲的死。今天它和我的距离,超过当时了吗?它还是那么近、那么奇异、那么蹊跷,尽管我无数次回顾当时的情景,究竟那是我做的一场梦,还是真正发生了那一档子事。关于这一点,我现在并不比当时更清楚。

那是我十三岁时发生的,我睡在叫作亭子间的狭窄的屋子里。一天夜里,我惊醒过来,看见我母亲穿着睡衣坐在我床上,连我讨厌的那件法兰绒晨衣她都没披。但是她并没有对我望着,这太怪了,使我感到惊惧。她的头是弯着的,两肩之间散着稀稀疏疏几绺短发,双手夹在膝间。她浑身发颤,我的床也晃动起来。我这是平生头一遭看见她离开自己的房间。我说道——或者以为我说道——"是你吗,妈妈?"当她掉过身来时,借着月光我瞅见她显得多么古怪。她的脸看上去挺小——完全变了样。她仿佛是学校浴场的那些学

## 蜜 月

童,他们坐在台阶上,就像那样打着哆嗦,既想进去又害怕。

"你醒了吗?"她说,两眼睁得大大的。我相信她微笑了。她朝我探过身来,悄悄地说:"我中毒了,你爸爸给我下了毒药。"于是她点点头。紧接着,我还没来得及说话,她就走掉了。我觉得似乎听见了关门声。我纹丝不动地坐着,动弹不得,依稀在期待着发生一些别的事。我久久地尖起耳朵倾听,可什么声响也没有。蜡烛就在我床边,但是我吓得不敢伸手去够火柴。然而正当我纳闷着该做些什么,正当我的心怦怦跳动时,一切都混乱了。我躺下来,拽过毛毯裹在自己身上。我睡着了,第二天早晨母亲被发现因心力衰竭而死亡。

她来看望过我吗?那是一场梦吗?她为什么前来告诉我?或者,倘若她来了,为什么又那么匆匆忙忙地走掉了?还有,她的表情——在惊恐下面却又流露着喜悦——是真的吗?举行葬礼的那个下午,我完完全全相信了。当时,我看见父亲按照习俗穿上礼服,戴上礼帽什么的。那顶高帽闪闪发着乌光,圆滚滚的,活像是蒙上一层黑色火漆的软木塞。我父亲的其余部分极像一只瓶子,脸上贴着标签:"剧毒"。当我在门厅里站在他对面时,脑子里闪过这个念头。打那天起,我就私下里给他起了个外号叫"剧毒",或是"老剧毒"。

## 七

天色晚了,越来越晚了。我爱夜晚。我爱那逐渐上涨的暗潮,缓慢地冲刷着洒在黑魆魆的沙滩上的一切,隐藏在岩穴中的一切,旋转它们,把它们举起来,让它们飘浮。我爱,我爱这种飘荡的感觉——飘到何处?母亲死后,我厌恶上床了。我经常把自己裹得严严实实的,坐在窗台上望着天空。我恍惚觉得月亮比太阳移动得快多了。我为自己选择了一颗又大又亮的绿星星。我的星星!但是我从不曾认为它在向我召唤,或是为了我的缘故而快乐地闪烁。残忍,冷漠,灿烂——它在风凉的夜晚燃烧着。不管怎样,它是我的!但是,紧贴着窗户,长了一株攀缘植物,开着一串串粉红色和紫色的小花。它们确实了解我。夜间,当我抚摸它们时,它们欢迎我的手指;小小的卷须,那么柔弱细嫩,晓得我不会伤害它们。当风儿吹动叶子时,我觉得自己知道它们在摇曳。当我来到窗前时,花儿似乎彼此念叨着:"那个孩子在这儿哪。"

过了好几个月,楼下我父亲的房间里经常有灯光了。我听见说说笑笑的声音。"他和什么女人厮混在一起了。"我思忖道。但是我觉得无所谓。接着,欢乐的话语声、朗笑声,使我觉得那是傍晚到店里来的姑娘当中的一个——逐渐地,我开始揣想究竟是哪一个。是那个穿红色衣裙、黑头发、黑眼睛的姑娘,她曾给过我一便士。一张快活的脸儿朝我俯下来,温暖的气息弄得我的脖子痒痒的——她那长长的睫毛上有着小黑珠子。当她张开双臂吻我时,一阵奇香扑鼻!对,就是她。

光阴荏苒,我忘掉了月亮和我那颗绿星,以及我那株羞答答的攀缘植物。我来到窗前,等待父亲窗口的灯光,倾听那朗笑声。直到一天晚上,我打起盹儿来,梦见她又来了——她再度把我搂过去,一种柔软、馨香、温暖、愉快的东西像云彩一样悬在我的头顶上。但是当我试图看一看时,她的眼睛只是嘲弄着我。她略启朱唇,嘶嘶地说道:"小鬼头!小鬼头!"但她并不像是生气的样子。

她像是了解,而她那微笑有点像是一只耗子——讨厌透了!

第二天晚上,我点上蜡烛,改坐在桌前。不一会儿,由于烛火一个劲儿地燃烧,出现了蜡油的小湖,为一堵光滑的墙圈起。我拿起一根大头针,在墙上扎了几个小孔,蜡油还没来得及逃出来,就赶紧把它们堵死。过了半晌,我幻想烛火也参加了这场游戏。它跳起来,颤动啊,摇曳啊,甚至仿佛在朗笑。但是当我同蜡烛嬉戏,忽而微笑,忽而把耸起在墙头上的白色蜡峰折断,让它们漂浮在我的湖上时,一股可怕的悲酸感抓住了我——对,就是这个字。它从我的膝盖爬到腿上,爬进胳膊。我凄惨得浑身疼痛。我感到那么不对头,以致一动也不能动了。不知什么东西把我捆在桌旁了,我甚至不能把捏在食指和拇指之间的那根大头针撒开。刹那间我恍若整个儿静止下来了。

于是,花蕾那枯萎的表皮剥落了,橱柜里的植物开了花。"我是谁?"我思忖着,"这一切都是什么?"我打量着自己的房间,打量着橱柜顶上叫作哈纳曼的人那座破碎的胸像,打量着我那张摆着信封般的枕头的小床。这一切统统映入我的眼帘,但是不同于我过去见到过的。……一切都充满了生命力,一切的一切。然而不仅这样,我也同样变得充满了生命力。而且(我只能这样来表达)我们之间设置起了一道壁垒:我来到了自己的世界!

## 八

壁垒设置下来了。我平生一向是个小流浪者,直到那一瞬间,没有一个人"承认"过我。我孤寂地躺在橱柜——或者是洞穴里。但是现在有人要我,承认我,说我是他们的了。我并不曾有意识地逃避人类社会,对我来说,那一直是不可知的世界。然而打从那个夜晚起,我就有意识地转向我那些沉默的弟兄们了,这是非笔墨所能形容的。
……

(1921)

# 启　示

从清早八点到约莫十一点半,莫妮卡·蒂勒尔一直在闹神经痛,几个钟头以来痛苦得要命——简直难以忍受。她好像控制不住了。"要是我再年轻十岁,也许还办得到……"她会说。可她现在三十三岁了,在各种场合,她以各种古怪方式来提到她的年龄。她会用郑重而又孩子气的眼神望着她的朋友们,并且说:"对,我记得二十年前……"要么就引着拉尔夫去注意餐馆里坐得离他们很近的姑娘们——真正的姑娘们,有着可爱的充满青春的胳膊、喉咙和既敏捷又犹豫不决的举止。"要是我再年轻十岁的话,也许……"

"你为什么不叫玛丽坐在你房门外头,除非你按铃,绝对不准任何人靠近你的房间?"

"哦,要是那么简单就好啦!"她丢下小小的手套,用指头按了按眼睑,对她这样的动作,他是那么熟悉,"可是首先我会时时刻刻意识到玛丽坐在那里,玛丽朝着拉德和穆恩夫人摇晃着指头。对精神病患者来说,玛丽是介乎女狱吏和护士之间的人物。然后,还有邮件。谁也不能对邮件的到来无动于衷。一旦邮件来了,谁——谁还能挨到十一点才拿到信?"

他的眼睛发出亮光。他赶紧轻轻地抱住她。"亲爱的,我的信?"

"也许是吧。"她有气无力地轻声说,抬手抚摸了一下他那发红的头发,微微笑着,心里却想道:"哎呀,话说得多么蠢啊!"

可是今天早晨,前边大门"咣当"一声,把她吵醒了。"噗"的一声,整个套房都震动了。怎么回事?她猛地在床上坐了起来,抓住鸭绒被,心直悸跳。发生了什么事呢?她听到过道里有声音。玛丽在敲门。门打开,"吱啦"一声,百叶窗卷了上去。窗帘绷紧,抖动,忽上忽下的。百叶窗的穗子撞在窗棂上,频频作响。"哦,瞧!"①玛丽一边说,一边把茶盘放下,并跑起来,"是风,夫人。这阵风真让人受不了。"②

百叶窗卷起来了,窗户猛地掀了上去,房间里顿时充满了一片半白半灰的颜色。莫妮卡朝那苍白色的广漠天空望了一眼,后边还拖着一朵宛如破衬衫的云彩。她赶紧用袖子遮住了视线。

"玛丽,管管那窗帘!快呀,那窗帘!"莫妮卡倒在床上。接着就是一阵"铃——铃——铃,铃——铃——铃——"是电话铃。这时,她的苦恼到了极限。她尽量镇定着。"玛丽,去接接。"

"是先生打来的,他想知道夫人今天一点半去不去王子饭店用午餐。"果然是先生本人打来的,他确实要玛丽立刻把话传给夫人。莫妮卡没答话,却把茶杯放下,纳闷地小声问玛丽几点了。九点半。她静静地躺下,半阖上眼。"告诉先生我不能去。"她轻声说。可是当门关上后,她突然感到一股怒气——这股怒气紧紧地紧紧地抓住她,十分猛烈,几乎使她窒息。他怎么竟敢这样!

---

①② 原文为法语。

拉尔夫怎么竟敢做出这样的事。他明明知道早晨她神经上有多么痛苦!难道她没向他说明,形容,甚至——虽然只是轻描淡写的,她不便直截了当地说出来——让他晓得唯有这件事是不可饶恕的。

而且单挑了风刮得这么可怕的一个早晨。难道他以为她只是追求时尚,是女人的蠢举,可以一笑置之?她昨晚不是还对他说:"啊,你得认真对待我。"他回答说:"亲爱的,你不会相信,可是我对你远比你对自己要了解得透彻多了。你的每一个微妙的想法和感觉,我都尊敬,都珍视。啊,笑吧!我喜欢你噘起嘴的样子……"他把身子从桌子那面探过来,"任何人看到我对你完全倾倒,我也不在乎。我愿意同你登上山顶,让全世界的探照灯照亮咱们俩。"

"天啊!"莫妮卡几乎抓住自己的头。他果真这么说过吗?男人多么不可信!她曾爱过他——她怎会爱上一个这么讲话的男人呢?几个月前,自从晚宴后他一路送她回来并且问可不可允许他"再来看看那徐缓的阿拉伯式的笑容"以来,她都做了些什么?啊,真是瞎扯——完全是瞎扯。可是她记起当时曾有一种从未有过的惊喜之感。

"煤！煤！煤！旧烙铁！旧烙铁！旧烙铁！"下面这么嚷起来。全过去了。了解她吗？他一点儿也不了解。大风天的早晨给她打电话非同小可。他明白吗？她几乎笑了出来。"你偏挑那么个时刻给我打电话,一个了解我的人绝不会那么做。"这下全完了。玛丽说:"先生回话说,他要在门厅里等您。因为也许夫人会改变主意。"这时,莫妮卡却回答说:"不要美人樱,玛丽。我要麝香石竹,要两大把。"

是个狂诞的白色的清晨。风像是要把人撕裂,吹倒。莫妮卡坐在镜前。她面色苍白。女仆把她那深色的头发梳到脑后——全梳过去。她的脸宛如一副假面具,吊眼皮儿,嘴唇呈深红色。当她对着那有浅蓝色暗影的镜子凝视自己的时刻,她突然感到——啊,感到一股极为强烈而莫名其妙的激动慢慢地慢慢地在她内心泛起,使得她要张开双臂,朗声大笑,把东西向四下里扔,吓唬玛丽,然后叫嚷:"我自由了,我自由了！我像风那样自由！"所有这摆动着的、颤抖着的、令人激动的、自由飞翔的世界,全是她的。这是她的王国。

· 蜜 月 ·

不,不,她不属于任何人,只属于生命。

"可以啦,玛丽,"她结结巴巴地说,"给我把帽子、大衣和皮包拿来。好,现在给我叫辆出租车。"她去哪儿?噢,随便哪儿。她再也忍受不了这个寂寥的套房,这个不出声的玛丽,这个房间里阴惨惨、静寂、女人气的一切了。她非出去不可。她得兜风去,开快车——随便去哪儿,随便去哪儿。

"夫人,出租车来啦。"她一打开套房临街的大门,一阵狂风朝她刮来,把她送到人行道对过。去哪儿?她上了车,朝那满脸怒容的、冷冰冰的司机笑了笑。她吩咐他开到理发师那儿去——没有理发师怎么行呢?每逢莫妮卡无处可去或者没事可做的时候,她总是叫车开到那儿去。她也不妨烫烫发,也许一边烫,一边就拿定主意了。那个满脸怒容、冷冰冰的司机把车开得飞快,她任凭自己在车里东倒西歪。她巴不得他再开快些。啊,这样就可以不必在一点半去王子饭店了,就不必当铺了天鹅绒的篮子里的小猫咪了,就不必当那阿拉伯式的、郑重而又欢喜的娃娃,那放荡不羁的小东西……"再也不干了!"她大声嚷着,一边攥起小小的拳头。可是出租车停了下来,司机站在那里,替她把车门打开。

理发店里挺温暖,灯火辉煌,肥皂和烧纸的气味,还有桂竹香发油。老板娘坐在柜台后面,白白胖胖的,她的头像是在黑缎子针插上转来转去的一只粉扑。莫妮卡经常感到这家店铺爱她、了解她——真正的她——远多于她的许多朋友。在这里,她就真正成了她自己。她和那位老板娘(说来奇怪)时常在一道谈得很投机。还有给她做头发的乔治——年轻、肤色发黑、身材细长的乔治,她实在挺喜欢他。

可是今天,多么奇怪!老板娘几乎连招呼也没向她打。她的脸比往常更白皙,然而她那对蓝珠子般的眼睛周围有道红圈。连她那短胖手指上的戒指都不发亮了,冷冰冰、死气沉沉得像几块玻璃碴儿。当老板娘对着墙上的电话机叫乔治时,她的声调也不同于往常。可是莫妮卡不相信会发生什么变化。不,她不肯相信是这样。这纯粹是她想入非非。她贪婪地吸了吸那温暖、喷了香水的空气,就走进挂了天鹅绒帘的小单间去了。

她摘下帽子,脱去上衣,都挂在墙钩上。可这时,乔治仍没进来。这是头一回他没赶来替她扶着椅子,替她摘下帽子,挂上手提包——手提包吊在他的指头上,就好像是他从没见过的玩意儿,或者是属于仙女的。可今天这家理发店有多么寂静,连老板娘也一声不出,只有风把这所老房子吹得直摇撼。风在吼叫,墙上悬挂着的庞帕都尔夫人①时代的妇女肖像都朝下俯视着,狡猾而调皮。莫妮卡后悔跑到这里来。啊,这有多么失策!没办法,没办法了。乔治呢?他要是再不马上过来,她就走了。她脱下那白罩衫。她不想再看自己了。当她打开玻璃搁架上装润面油的大白缸子时,她的手指颤抖了。她心里感到一阵惆怅,好像幸福——她所享受到的了不起的福气——在离她而去。

"我走了。我不待在这儿。"她取下帽子,可就在这当儿,听到了脚步声。她朝镜子里一望,乔治正在门道那里躬着身子呢。他那副笑容有多么古怪!自然要怪那镜子。她赶快掉过身去,他抿

---

① 庞帕都尔夫人(1721—1764),法国国王路易十五的情妇,与当时的文学家伏尔泰等交往,形成法国文学史上极有影响的沙龙。

着嘴唇,像是在苦笑——他没刮脸吧?——脸色几乎发绿。

"对不起,叫您等啦。"他嗫嚅着,轻轻地向前溜过来。

啊,不,她不留下。"恐怕……"她开始说了。可是他点上瓦斯,把烫发的火钳放上,然后替她托着罩衣。

"都怪这风。"他说。莫妮卡只好放弃原来的想法了。她嗅到他那鲜活年轻的手指头在她颚下别着衣服。"是啊,刮起风来了。"她说,同时,朝后仰坐在椅子上,沉默了。乔治熟练地把发卡拔下来,她的头发在脑后披散开来,但他并没像往常那样握住,好像在感觉那头发有多么纤细、柔和、沉甸甸的。他也没说:"您这头发还是那么可爱。"他只是任那头发垂着,从抽屉里取出一把刷子,轻咳了一声,清清喉咙,然后干巴巴地说:"对,您这头发长得真密,我想它以前也是那样。"

她没法搭腔。她感到他在梳她的头发了。啊,啊,多么可悲,多么可悲!刷子使得快而且轻,就像叶子在往下掉。然后,它又使劲拽,就像拽她的心一般。"够了!"她大声嚷道,摇晃一下脑袋,

## 蜜 月

摆脱了那刷子。

"我太使劲了吗?"乔治问道。他屈下身去拿烫发的火钳。"很对不起。"接着是一阵烧纸的气味——她所喜欢闻的气味。他手里挥动那烧得滚烫的火钳,眼睛朝前方望着。"今天说不定会下雨。"他拿起她的一绺头发。这时,她实在不能忍受下去了,她制止了他。她朝他望,她从镜中看到自己像个修女似的穿着一身白罩衣正在望着他。"怎么啦?出什么事故了吗?"乔治只耸了耸肩膀,皱了皱眉头说,"噢,没什么,夫人。只是一件小事。"他又拿起她的一绺头发。想哄骗她是不成的,准是出了事故,出了件可怕的事故。沉默——一阵沉默确实像雪花那样飘荡下来。她打了个冷战。小单间里冷得很,又冷又闪亮。那镀镍的水龙头、那香水喷射器,以及喷雾嘴好像都充满了恶意。风吹得窗框吭吭作响。一个铁东西"当啷"一声打在什么上头。小伙子在继续换着火钳,朝她屈下腰来。莫妮卡想:人生是多么令人生畏呀!多么可怕呀!孤独感是如此之骇人。我们就像风中落叶那么飘荡不定,没有人理会,没有人关心我们沉沦到何方,落在哪一条黑水河里远远漂走。她的喉咙里又有了什么在拽的感觉。疼啊,疼啊。她真想喊叫一通。"行啦,"她小声说,"把卡子交给我吧。"他站在一旁,是那么恭顺,那么一声不吭,她几乎垂下双臂,呜咽起来。她实在不能忍受下去了。年轻的乔治平日那么快活,现在却像个木头人似的。他轻手轻脚地把帽子和面纱递给她,接过钞票,找给她零头。她把钱塞到手提包里。现在她上哪儿去呢?

乔治拿起一把刷子。"您的大衣上沾了点儿粉。"他喃喃道。他给刷掉了。这时,他忽然直起身来,望着莫妮卡,奇怪地挥了一下刷子,说道:"夫人,既然您是位老主顾,我就实话实说吧,我的小女儿今天早晨死了。是我们的头一个孩子。"说着,惨白的脸皱得像一张纸。他掉过身去,刷起那件布罩衣。"啊,啊!"莫妮卡开始叫起来。她跑出理发店,立刻钻进那辆出租车。司机面带愠色,把座位往后一推,又"砰"地关上门,然后问道:"去哪儿?"

"王子饭店。"她抽噎着说。一路上她只看到一只蜡制的小团团乖乖地躺在那里,一头柔软的金发,交抱着小小的双臂,小小的腿交叉着。快到

·蜜　月·

王子饭店时,她看到一家花店,里边放满了白色的花。啊,这个想法太妙了。谷中百合,白色蝴蝶花,双瓣的白堇菜花,围上一条白天鹅绒带子……一个不知名的朋友赠……一个知情的朋友所赠……赠给一位小姑娘……她敲了敲车窗,可是司机没听见。反正,他们已经来到了王子饭店。

(1920)

# 航　海

"皮克顿"号预定于十一点半钟开航。那是个和煦美丽的夜晚，繁星点点。当他们下了马车，沿着伸到港湾里的老码头走去时，一阵微风掠过水面，从斐内拉的帽子下面袭来。她伸手按住了它。老码头上一团漆黑。羊毛棚、牲畜车、高耸的起重机和矮墩墩的小火车头朦朦胧胧地浮现在黑暗中。木材东一堆西一堆地码成圆形，宛如一个个巨大黝黑的蘑菇茎。每堆木材上都吊着一盏灯，它羞怯得仿佛不敢在黑夜中展开它那颤悠悠的光，但它却轻轻地点燃着，像是在孤芳自赏。

斐内拉的爸爸焦躁地向前跨着步。奶奶身穿窸窸窣窣响的黑大氅，在他旁边跑跑颠颠地追赶

· 蜜 月 ·

着。他们走得太快了,她只好不时有失体面地蹿上几步才不至于落在后面。除了整整齐齐地打成香肠形的行李外,斐内拉还攥着奶奶的雨伞。柄上雕了只天鹅头颈,它不断地使劲碰撞着她的肩膀,似乎也在催她赶路。……男人把帽檐拉得低低的,竖起领子,大摇大摆地走去。几位妇女用围巾把头和脸包得严严的,小跑着。一个裹在白羊毛披肩里的小男孩儿,只露出又小又黑的胳膊腿,绷着脸,被爹妈拽着走。他活像一只掉在奶油里的幼蝇。

突然,从飘着一缕烟的最大的羊毛棚后面传来了一声"喵呜——!"声音突兀得令斐内拉和奶奶都惊跳起来。

她爸爸简短地说了声:"这是第一遍汽笛。"这当儿,"皮克顿"号已经映入眼帘。它卧在黑魆魆的码头旁边,浑身缀满了一串串金光闪闪的圆形灯,看起来与其说是驶往冰冷的海洋,倒不如说是准备航行于繁星当中。人们沿着舷梯挤挤碰碰地朝船上走。奶奶走在最前面,接着是爸爸,斐内拉跟在后边。从最后一级舷梯要迈一大步才能踏上甲板,站在旁边的一个身穿运动衫的老水手伸出粗糙、结实的手搀了她一把。他们总算上了船。于是躲开熙熙攘攘的人群,站在通往上层甲板的小铁梯下面,开始道别。

"喏,妈,这是您的行李!"斐内拉的爸爸边说边递给奶奶另一个打成香肠形的行李。

"谢谢你,弗兰克。"

"舱位票收好了吗?"

"嗯,亲爱的。"

"别的票呢?"

奶奶在手套里摸索了一下,露出票的一角给他看。

"那就好了。"

他的口吻很严峻,可是斐内拉仔细端详着他,发觉他显得疲倦而悲郁。"喵呜——!"第二声汽笛在他们的头顶上响了。有人像号叫般地喊道:"还有用舷梯的没有?"

"替我问老爹好。"斐内拉看见爸爸的嘴唇发颤了。奶奶激动得厉害,回答说:"当然喽,一定的,亲爱的。快走吧,再不走就下不去啦。快走吧,弗兰克,马上就走吧。"

"不要紧的,妈,我还有三分钟。"使斐内拉吃

· 蜜 月 ·

惊的是,爸爸竟摘下了帽子。他用胳膊搂着母亲,身子紧紧贴住。她听见爸爸说:"妈,上帝保佑您!"

奶奶戴着破得无名指都露出来的黑线手套,她用手摸着他的脸,哽咽道:"好儿子,上帝保佑你,我勇敢的儿子!"

斐内拉不忍心看下去,她赶紧掉转身,咽下一口、两口唾沫,狠狠地皱起眉头,盯着桅杆上端的小绿星星。可是她还是得回过身去:爸爸要走了。

"再见,斐内拉。做个乖妞儿。"他那冰凉、湿漉漉的胡子擦着她的面颊。斐内拉使劲攥住他上衣的翻领。

"我去住多久呢?"她焦急地低声问道。他没有朝她看,只是轻轻地甩开她,并且柔声地说:"再说吧。喏,你的手呢?"他往她手心里塞了点什么,"这是一先令,也许你用得着。"

一先令!她准是再也回不来啦!"爸爸!"斐内拉嚷道。但是他已经走了,他是最后一个下船的。水手们把舷梯搭在肩上拽起。一大圈黑缆绳跃入半空,"啪"的一声落在码头上了。铃响了,汽笛尖叫着。黑魆魆的码头静悄悄地从他们跟前徐徐脱落、滑离、移开。船和码头之间已经隔着一道奔腾的水。斐内拉使劲望去。"那个回过头来的是爸爸吗?"——他在摆手吧?——孤零零地站在那儿?——还是独自走掉了呢?码头同船之间的水越展越宽,颜色也越来越暗。现在,"皮克顿"号开始稳稳地掉过头去,驶向大海。不必再去张望了。除了疏疏朗朗的灯光,镇上那仿佛悬在半空的钟楼,还有镶在黑黑山丘上似的片片灯火,什么也看不到了。

凉爽的风拖曳着斐内拉的裙子。她回到奶奶跟前去。使她感到宽慰的是,奶奶看上去不再那么伤心了。她把形似香肠的两件行李叠起,坐在上面,双手搭在一起,头略偏过去。她神情专注,容光焕发。斐内拉随即理会到她翕动着嘴唇,猜想她准是在祷告呢。但是奶奶乖觉地朝她点点头,像是表示祷告快结束了。她松开手,叹了口气,又十指交叉,低下头来,最后微微晃一下身子。

"喏,孩子,"她摆弄着软帽的带结说,"该到咱们的舱里看看去啦。贴着我走,可别滑跤。"

"好的,奶奶!"

"当心点儿,可别让阶梯扶手把伞卡住。路

上我看见一把漂亮的伞就那么卡断啦。"

"好的,奶奶。"

男人们黑影幢幢地倚着栏杆,在他们叼着的烟斗的火光映照下,可以瞥见一只鼻子、一个帽顶,或是两道表示惊愕的眉毛。斐内拉抬头望了望。上甲板上站着个身材矮小的人,双手插在短上衣兜里,正凝望着海洋。船一直微微颠簸着,她觉得星星也在晃动。这会子又有个面色苍白的茶房穿着白亚麻布上衣,手掌高高地托着盘子,从有灯光的门道走出来,擦身而过。她们穿过那个门道,小心翼翼地踏上包着黄铜的高台阶,踱过橡胶地毯,然后又走下一道陡得可怕的梯级——陡得奶奶只好每下一级都双脚着地。斐内拉用力攀住冰凉又黏糊糊的黄铜扶手,将柄上雕有天鹅头颈的那把雨伞完全抛在脑后了。

下完梯级,奶奶站住了。斐内拉直怕她又要祷告。不,她只是要把舱位票掏出来。她们进了大餐间。里面灯火照得耀眼,又闷得要死,到处都是油漆、烧焦了的排骨和橡胶的气味。斐内拉巴不得奶奶径直走去,可是老太太却慢慢腾腾的。她瞥见一大筐火腿三明治,就走过去,用手指轻轻碰了一下最上面的一块。

"三明治多少钱?"她问道。

"两便士!"一个粗暴的茶房"砰"地撂下一副刀叉,嚷道。

奶奶简直难以置信。

"两便士一块吗?"她问道。

"对啦。"茶房一边回答,一边向伙伴使了个眼色。

奶奶吃惊地双眉颦蹙,一本正经地小声对斐内拉说:"多坏!"她们仪态大方地步出尽头的门,并沿着两边都是舱房的过道走去。一个挺可爱的女茶房迎了过来。她穿着一身蓝衣服,硬领和袖口钉着大黄铜纽扣。她仿佛跟奶奶是老相识。

"喏,克兰太太,"她随说随把盥洗盆清理好,"您又来光顾了。您可是轻易不订单间舱的呀。"

"可不,"奶奶说,"这一次,我的好儿子想得很周到……"

"可别是……"女茶房说到这里,掉过身来,朝着奶奶那身黑衣服和斐内拉的黑上衣及裙子、黑罩衫,还有那缀有黑绉纱蔷薇花的帽子望了好半晌,露出哀容。

· 蜜 月 ·

奶奶点了点头。"这也是上帝的旨意。"她说。

女茶房抿着嘴,使劲倒吸了口气,身子好像吹大了似的。

"我一向这么说,"口气间仿佛是在讲她自己的什么发现,"迟早咱们一个个地都得走,这是确早(凿)无疑①的。"她顿了一下,"喏,您要喝点什么吗,克兰太太?一杯茶?您大概不要点搪搪寒的饮料吧?……"

奶奶摇了摇头。"什么都不要,谢谢你。我们有几块酒心饼干,斐内拉还有一根新鲜香蕉。"

"那么我回头再来照顾您吧。"女茶房说。于是她走出去了,并把门关上。

船舱多小哇!活像是和奶奶一道被关进一只匣子里了。盥洗台上端有个黑乎乎的圆窗,朝她们射着暗淡的光。斐内拉感到羞涩。她背着门站着,依然紧抱着行李和伞。难道就在这儿脱衣服吗?奶奶已经摘下软帽,把两根帽带都绕起来,各用别针别在帽里上,再把帽子挂起来。她的白发

---

① 女茶房文化不高,这里把 certainty 说成了 certingty。

像绸子一样闪闪发光,脑后的小纂儿上罩着黑网。斐内拉几乎没见奶奶摘下过帽子,这么一来她显得挺奇怪。

"我要围上你的好妈妈为我用钩针编织的毛线头巾哩。"奶奶说。她打开行李,取出头巾,裹住头。她朝着斐内拉慈祥而悲戚地笑了一下,沾在头巾边上的泪花闪动着。然后她脱下背心,把里面的以及尽里面的也都脱了。霎时间,奶奶像是同什么人扭斗似的,微微涨红了脸。"啪!""啪!"紧身胸衣也脱了。她宽慰地舒了口气,坐在长毛绒躺椅上,小心翼翼地慢慢脱下那双边上有一道松紧带的长筒靴,把两只靴子排好。

当斐内拉脱下上衣和裙子,换上法兰绒长袍时,奶奶也已经都准备停当了。

"我非脱靴子不可吗,奶奶?带子不好解哩。"

奶奶沉吟了片刻。"脱掉就会舒服多啦,孩子。"她说,她吻了斐内拉,"可别忘记祷告。咱们在海上的时候,上帝对咱们保护得比在陆上的时候还要周到。"她兴致勃勃地加上一句,"我旅行比你有经验,我睡上铺。"

· 蜜 月 ·

"但是,奶奶,您怎么爬得上去呢?"

斐内拉只看见了三道细得如蛛丝般的脚镫,奶奶一声不响地笑了笑,轻盈地爬了上去,从高高的上铺俯视着大吃一惊的斐内拉。

"你没想到奶奶还有这一手吧,呃?"她说。她躺下去时,斐内拉又听见她轻声笑了。

硬邦邦的褐色方形肥皂简直不出泡沫,瓶里的水酷似蓝色果子冻。被单僵硬得掀不起来,人得硬钻进去。在正常情况下,斐内拉本来会给逗得咯咯笑起来……她总算还是钻进去了,气喘吁吁地躺着,上面传来了柔和而拖长的低语声,仿佛有人在薄绵纸当中窸窸窣窣地摸索什么东西。是奶奶在祷告哪。……

隔了好半晌,女茶房又进来了。她蹑着脚步走来,用手扶着奶奶的铺位。

"咱们这就进入海峡啦。"她说。

"哦!"

"今晚天气晴朗,可船上没装多少货,也许有些晃荡。"

果然。"皮克顿"号随即仰呀仰呀,像是悬在半空,然后摇摆了一下,又栽下去了,可以听到怒涛冲击船身的声音。这时,斐内拉记起她曾将柄上雕着天鹅头颈的那把雨伞竖在躺椅上。如果掉下来,会不会摔坏了呢?恰巧奶奶同时也想起来了。

"茶房姑娘,劳驾请你把我的伞放平。"她低声说。

"好的,克兰太太,"女茶房又回到奶奶身边,悄悄地说,"您的小孙女睡得好香啊。"

"谢天谢地!"奶奶说。

"没妈的小妞儿,多可怜!"女茶房说。乘斐内拉睡着的当儿,奶奶把一切都一五一十地告诉女茶房了。

但是她还没来得及做梦就醒了,看见有什么东西在头顶上晃来晃去。是什么呢?究竟是什么呢?原来是一只小灰脚,另一只又伸过来了。两只脚似乎在摸索什么。接着就是一声叹息。

"奶奶,我醒啦。"斐内拉说。

"啊,小乖,我快碰着脚镫了吗?"奶奶问道,"我记得是在这儿来着。"

"不。奶奶,在另一头,我把您的脚扶上去。咱们到了吗?"斐内拉问道。

· 蜜 月 ·

"已经进港了,"奶奶说,"咱们该起来啦,孩子。你最好先吃块饼干,有了力气再起。"

可是斐内拉从舱铺上一跃而起。灯还点着,黑夜却已过去,挺冷的。隔着圆圆的舷窗,远远地可以瞥见累累巉岩。忽而浪花迸溅,忽而一只海鸥掠过。现在,一长条真正的陆地逼近了。

"看见陆地了,奶奶。"斐内拉感到惊异地说,就好像她们已经一连在海上航行了好几周似的。她蜷缩着身子,一只脚站着,用另一只脚的指头在上面来回搓。她在发抖。近来,一切都那么可悲。情况会起变化吗?但是奶奶只说了句:"抓紧点儿,孩子。那根可爱的香蕉你没吃,我就留给那位女茶房啦。"斐内拉又穿上她的黑衣服,手套掉了颗纽扣,也不知滚到哪儿去了。

她们走上甲板。

船舱里就够冷的,甲板上简直像冰窖一样。太阳尚未升起,星光却已暗淡下来,天空和海洋都是冰冷的,颜色也一样苍白。岸上飘浮着白雾。现在,黑黝黝的树丛清晰可辨。连伞状蕨类植物,以及那些骷髅般的古怪的银色枯木,都历历在目。……而今她们看见了趸船,同样是苍白的小房子,像镶在匣盖上的贝壳一般密密匝匝挤在一起。其他船客踱来踱去,步子却比昨夜从容一些。他们的神色都显得阴郁。

这会子趸船开过来了,慢慢吞吞地靠近"皮克顿"号。还来了一个手里拿着一捆缆绳的汉子,还有一辆马车,由一匹萎靡不振的小马拉着,踏板上坐着另一个汉子。

"斐内拉,那是彭雷迪先生,他是来接咱们的。"奶奶用愉快的口吻说。她那苍白的双颊已冻紫了,上牙磕打着下牙。她只得不断揩拭着眼睛和粉红色的小鼻子。

"你拿着我的……"

"嗯,奶奶。"斐内拉把它拿给奶奶看。

缆绳腾空飞来,"吧嗒"一声落在甲板上,舷梯放下了。

斐内拉又跟着奶奶上了码头。坐进小马车,旋即疾驰而去。小马的蹄子咯噔咯噔踏在板道上,接着又沿着松软的沙土路往前蹬。这里一个人影儿也不见,连一缕烟都没有。雾起了,又消散了,大海像是还发困呢,缓缓地拍着岸。

"昨儿个我见着克兰先生啦,"彭雷迪先生

说,"他看上去蛮精神的。上礼拜少奶奶的事儿弄得他完全垮啦。"

小马在一座贝壳般的房子前面停了下来。她们下了马车。斐内拉用手去扶大门,隔着手套,颤悠悠的大露珠湿透了她的指尖。她们沿着一条铺着白卵石的小径往上走,两旁都是浸满露水、酣睡着的花。奶奶那娇嫩的白瞿麦花被沉重的露水坠得弯到地上了,但它那馥郁的香气却是这寒冷早晨的一部分。小房子的百叶窗尚未拉开,她们拾级走上阳台。门的一侧放着一双旧靴子,另一侧放着一只红色大喷水壶。

"喂!喂,你爷爷!"奶奶说。她拧开门把,阒无人声。她喊道:"沃尔特!"立即有个憋住气般的深沉的声音应道:"是你吗,玛丽?"

"等一等,乖乖。"奶奶说,"走进去。"她轻轻地把斐内拉推进一间幽暗的小起居室。

桌上有只白猫像骆驼一样弓着背,这当儿伸伸懒腰打了个哈欠,爬了起来,随即踮起脚尖一蹿。斐内拉把一只冰冷的小手埋在猫那温暖的白毛里,一边抚摸着,一边倾听奶奶那柔和的声音和爷爷那卷舌音。

门"嘎"的一声开了。"进来,乖乖。"奶奶在向斐内拉打招呼,她就跟在奶奶后面走去。那里有张巨大的床,爷爷靠边睡在上面。被子外面只露着白发苍苍的头,一张红润的脸和长长的银白胡子。他活像一只十分警觉的苍老的鸟。

"喏,小妞儿!"爷爷说,"亲亲我!"斐内拉亲了亲他。"哦!"爷爷说,"她的小鼻子可冰凉得像颗纽扣。她拿着什么哪?奶奶的伞吗?"

斐内拉又微微一笑,将柄上雕着天鹅头颈的伞挂在床栏杆上。床上端悬有深黑色镜框,上面用大字写着:

> 逝矣!黄金般的一小时,
> 每分钟都是一颗钻石。
> 光阴一去不复返,
> 任何补偿也无济于事!

"那是你奶奶的手笔。"爷爷说。他搔着雪白的头发,快活地盯着斐内拉,她觉得他好像是在对自己眨眼睛哪。

(1921)

# 一杯茶

罗斯玛丽·菲尔长得算不上漂亮。不,不能说她漂亮。俊吗?喏,要是把她拆开来看的话……可干吗要那么残忍,好端端地把人家拆开来呢?她年轻,绝顶聪明,非常时髦,穿戴考究,而且让人惊奇地读过最新的书。她的圈子是个最有趣的大杂烩,既有地地道道的达官贵人,又有艺术家——都是由她发现的那些古怪家伙,其中有的说不出有多么可怕,另一些则颇上得了台盘,蛮有趣。

罗斯玛丽出嫁两年了,如今有了个可爱的儿子。不,不叫彼得,叫迈克尔。丈夫对她真的顶礼膜拜。他们挺阔,是真阔,并不仅仅是过得舒适而已。这听上去多么枯燥乏味,令人厌恶,就像提起老爷爷老奶奶似的。要是罗斯玛丽想买点什么,她去趟巴黎就跟你我去趟彭德街①那么便当。她要是想买花,车子就在摄政街②那家上等花店门前停下来。在店里,罗斯玛丽以一种动人的、妩媚的眼神瞧着花说:"我要那,还要那,还要那。还要四把这个。噢,瓶里的玫瑰。对,花瓶里插的我全要。不,不要丁香。我就腻烦丁香,简直不成个模样儿。"店员点头哈腰地把丁香撂到一边去,好像她这话说得再对不过了,丁香的样子就是不三不四,"我要那些短茎的郁金香。要红的,还有白的。"当她上车时,一个瘦骨棱棱的女店员双臂捧了一大白纸包,打着趔趄跟在她身后,看上去真像是抱了个裹着长袄的娃娃……

一个冬天的下午,她到库尔宗街上一家小古玩店去买东西。这是她喜欢的一家铺子。头一宗,这儿常常清静得没有第二个主顾。再说,店里老板又怪喜欢伺候她的,什么时候进门都是笑脸

---

①② 彭德街和摄政街都是伦敦中心区的高级商店林立的繁华街道。

相迎。他双手紧握在胸前,对她的光顾真是受宠若惊。当然喽,纯粹是恭维。尽管如此,还是总有点儿什么……

"您瞧,太太,"他毕恭毕敬地低声解释着,"我打心坎儿上爱我这些货品,我宁可留着,也不愿意卖给那些不识货的主儿。他们没有那种敏锐的鉴赏力,那可真是难得呀……"他深深地叹了口气,在玻璃柜台上摊开一小方块蓝色天鹅绒,用苍白的指尖按着它。

今天拿出来的是个小匣子。他一直为她留着,谁都还没给看过呢。一个精致的小珐琅匣,上面的釉彩光彩夺目,就像是放在奶油里焙成的。匣盖上,一个精巧的小人儿伫立在一棵鲜花怒放的树下,另一个更小的女人伸出胳膊搂着他的脖子。她那顶系着绿色飘带的帽子只有天竺葵花瓣儿那么大,荡在树杈上。一朵粉红色的云彩像守护天使般地飘在他们的头顶上。罗斯玛丽从长手套里抽出手来。检视这样的珍品时她素来是要摘掉手套的。是啊,她非常喜欢。真是惹人爱的东西,她一定得买下来。她一开一关、翻来覆去地端详这奶油色的匣子时,不禁觉察到自己的手在那蓝色天鹅绒的衬托下有多么迷人。说不定那老板在内心深处也胆敢这么想呢。因为他拿起一支铅笔,从柜台后面探过身来,苍白的指头怯生生地朝她那光洁的玫瑰色手指挪过来,轻声地咕哝着:"太太,请允许我斗胆指给您瞧,这小人儿的背心上还有花呢。"

"真美啊!"罗斯玛丽赞赏着那些花儿,"可是价钱呢?"老板一时好像没听见,随后一声咕哝传到她的耳际:"二十八基尼①,太太。"

"二十八基尼。"罗斯玛丽不动声色。她放下小匣子,又扣好了手套。二十八基尼。即使有的是钱……她神色迟疑,眼睛盯着老板脑袋上方那鼓得像只肥母鸡的茶壶,含含糊糊地搭着腔:"好吧,给我留着吧——行吗?我会……"

然而老板已经在鞠躬了,仿佛巴不得给她留下这东西。当然喽,即使永远为她留着,他也是心甘情愿的。

门"咔嗒"一声轻轻地关上了。站在店外的台阶上,她凝望冬日后晌的街景。在下雨哪,黑暗

---

① 基尼是旧时英金币,每一基尼合二十一先令。

· 蜜 月 ·

似乎跟踪而至,像灰烬般地覆盖下来。空气里有股冰冷苦涩的味道,刚点燃的街灯显得惨然。对面房屋里的灯光也凄凄凉凉。它们黯淡地闪烁着,像是在追悔着什么。匆匆来往的路人,都躲在他们讨厌的雨伞底下。罗斯玛丽觉着一种奇异的痛楚,把皮手笼紧按在胸口上。她巴望把那个小匣子也抓在手里。不消说,车子就在那儿,只要穿过人行道就行了,可她还在等着。有时,生活中会遇到这种可怕的时刻,一个人从自己隐蔽的地方探出头朝外一望,觉得真是可怕。不该就这么屈服了,得跑回家去,吃上一顿特别考究的茶点。就在她转这个念头的当儿,不知打哪儿钻出一个年轻姑娘,又瘦又黑,像个影子似的,就站在她身旁,用近似叹息又几乎像是哽咽的声音唏嘘道:"太太,我能跟您说句话吗?"

"跟我?"罗斯玛丽掉过身来,瞥见一个长着一对大眼睛的憔悴的小家伙。年纪很轻,不比她自己的岁数大。小家伙用冻得通红的双手紧攥着大衣领子,浑身瑟瑟发抖,仿佛刚从凉水里钻出来似的。

"太、太太,"她结巴着说,"您能给我一杯茶钱吗?"

"一杯茶?"

那声音诚恳老实,丝毫也不像在乞求。

"那你是什么钱也没有了?"罗斯玛丽问。

"一分钱也没有,太太。"她这样回答。

"多奇怪!"罗斯玛丽透过昏暗的光线凝眸望着她,姑娘也回望着。岂止是奇怪!罗斯玛丽蓦地觉得这是一场奇遇:在薄暮中邂逅,宛如陀思妥耶夫斯基小说里的一段情节。倘若她把姑娘带回家去呢?倘若她也干一桩总在书本和舞台上看见的那种事,又将如何呢?那可够令人兴奋的。她向前跨了一步,对身旁这个朦朦胧胧的人儿说:"跟我回家喝茶去吧。"这当儿,她几乎都能听见自己事后告诉朋友们说:"我就这么带她回家了。"她们听了,该多么惊讶呀。

姑娘吓得直往后退,霎时连哆嗦都不打了。罗斯玛丽伸出一只手碰了碰她的胳膊。"我是真心实意的,"她微笑着说,觉得自己的笑容平易近人而且和蔼可亲,"怎么不肯呢。来吧。马上搭我的车子回家去喝杯茶。"

"您——您不是那意思吧,太太。"姑娘说,声

· 蜜　月 ·

调里含着痛苦。

"可我就是这个意思!"罗斯玛丽嚷道,"我乐意你来。你来我会高兴的,来吧。"

姑娘把手指按在嘴唇上,直勾勾地盯着罗斯玛丽。"您——您不至于把我带到警察局去吧?"她结巴着。

"警察局!"罗斯玛丽朗笑起来,"我干吗要那么没心肝哪? 不,我只打算让你暖和暖和,并想听听——随便你告诉我些什么。"

饥饿的人好摆布。仆人打开车门,不一会儿她们已经在暮色中飞驰了。

"好啦!"罗斯玛丽说。当她用手搭住天鹅绒吊带圈儿时,感到一阵胜利的喜悦。她盯着这个刚落网的小俘虏,简直想说一句:"我到底把你弄到手啦。"这话当然是善意的。啊,岂止善意呢,她就要证明给姑娘看——奇妙的事是会在生活中发生的——神话里的仙女确实存在,——阔人也有心肝,天下妇女都是姐妹。她情不自禁地转过身来说:"别害怕。凭什么你不该跟我回家去呢? 咱们毕竟都是女人呀。既然我比你幸运一些,你就该指望……"

她正不知道该怎样把这句话说完,幸亏这当儿车停了。按了铃,门开了,罗斯玛丽以一种高雅的、护卫的、几乎是半拥半抱的动作把姑娘扶进门厅。温暖、柔软、光亮,一股馨香,所有这些她都习以为常,从不曾留意过。这会子她是在观察姑娘对这一切的反应。真是令人神往。她就像是儿童室里的一个富家小妞儿,所有的柜门任她开启,所有的匣盖待她拆解。

"来,上楼去,"罗斯玛丽说,她迫不及待地要表示她的慷慨,"到楼上我的房间去。"这样,还省得让仆人们盯着这个小可怜儿。上楼梯的时候她打定主意,就连珍妮都不按铃去叫,大衣什么的全自己来脱。关键在于要做得自然!

"啊,到啦!"罗斯玛丽大声嚷道。她们已经来到她那遮着窗帘的精美宽大卧室。壁炉里的火光在她那考究的涂漆家具、金黄色的靠垫,以及嫩黄与天蓝色的地毯上跳跃着。

姑娘傍门而立,似乎被这一切弄得眼花缭乱了。罗斯玛丽却漠然置之。

"来,坐这儿,"她叫着,将她的大椅子拖近壁炉,"坐这把舒服椅子。过来暖和暖和,你看上去

· 蜜 月 ·

冻得够呛。"

"我不敢,太太。"姑娘边说边往后移步。

"咳,来吧,"罗斯玛丽跑过去,"你别怕,真的用不着怕。坐下,等我脱了大衣什么的,咱们就到隔壁房间喝茶去,舒服会儿。你干吗要怕呀?"她轻轻地半推着这瘦小的人儿坐进那把深深的摇椅。

可是姑娘没吭声。她在被推到的地方呆坐着,双手耷拉在两旁,嘴唇略启。说实在的,她带点蠢相,可罗斯玛丽却不这么认为。她俯身朝姑娘说:"摘下帽子好不好?你这漂亮的头发全湿啦。摘了帽子要舒服得多,对吧?"

她咕哝了一声,像是说:"好的,太太。"那顶皱皱巴巴的帽子随即摘掉了。

"我帮你把大衣也脱了吧。"罗斯玛丽说。

姑娘站起来了。她一手抓住椅子,听凭罗斯玛丽去拽。真要费点劲儿呢。姑娘简直就不帮忙,她像个小娃娃似的,站都站不稳。罗斯玛丽的脑子里闪过这么个念头:人们要是想让别人帮忙,自个儿也得合作点儿才成,哪怕一点点呢,不然实在太难了。现在拿着这大衣怎么办呢?她就放在地板上了,连同那顶帽子。她刚想到壁炉台上去拿支烟,姑娘急急忙忙地说起来了,声音又轻又古怪:"真抱歉,太太,可我要晕倒了。太太,我要是不吃点什么的话,就撑不住了。"

"天哪,瞧我多粗心大意!"罗斯玛丽赶紧去按铃。

"茶,马上来茶!还要白兰地,越快越好!"

女仆走了,姑娘却快要哭出来了:"不,我不要白兰地,我从来不喝白兰地。我就只要一杯茶,太太。"她连眼泪都迸出来了。

那是个可怖而使人心碎的瞬间。罗斯玛丽跪在椅旁。

"别哭,小可怜儿,"她说,"别哭啊。"她把自己的花边手绢递过去,真是感动到了极点。她伸出胳膊搂着那小鸟般的瘦弱肩头。

此刻,姑娘终于忘却了羞赧,忘却了一切,只记得她俩都是女人。她气喘吁吁地说:"不能再这样下去啦。我受不了,受不了。我要死了,我再也受不了啦。"

"可别那样。我会照看你的,别再哭了。你难道看不出遇上我有多运气吗?咱们这就一起喝茶,然后,你得一股脑儿告诉我。我会为你做出些安排,我答应你。快别哭了,怪累得慌的,不哭了吧!"

茶快要端上来的时候,姑娘倒真止住了哭,容罗斯玛丽站起身来。她吩咐把桌子放在她俩当中,她不断地劝这可怜的小家伙吃这吃那——所有那些三明治啦、黄油和面包啦。姑娘的杯子一空,她就给倒满茶,加上奶油和糖。人们总说糖是滋补的嘛。她自己却不曾吃,她抽着烟,成心往别处瞧,免得姑娘害羞。

这顿便餐的效果真是神奇。茶桌一撤走,一个新人儿——轻盈怯弱的小家伙,头发蓬乱,嘴唇发暗,一双深陷的眼睛闪亮着,露出一种甜甜的倦意倚在那把大椅子里,对着火焰出神。罗斯玛丽又点燃一支烟。

该说说了。

"那你上顿饭是什么时候吃的呢?"她温存地问。

可是就在这当儿,门把手转动了。

"罗斯玛丽,我可以进来吗?"是菲利普的声音。

"当然可以。"

他进来了。"哦,很抱歉。"说完,他停下脚步,定睛望着。

"没关系,"罗斯玛丽笑眯眯地说,"是我的朋友,这位小姐叫……"

"史密斯,太太。"那个慵慵懒懒的人儿说,安详、镇定得出奇。

"史密斯,"罗斯玛丽说,"我们正打算谈谈哪。"

"噢,好的,"菲利普说,"很好。"他一眼瞥见了地板上的大衣和帽子。踱到炉火前,他转过身来。"今儿下午天气可是糟透了。"他眼睛依然盯着那个无精打采的人儿,古里古怪地说,并瞅瞅她的手和靴子,又望了望罗斯玛丽。

"可不是嘛!"罗斯玛丽兴冲冲地说,"糟到家啦。"

菲利普做出他那魅力十足的笑容。"我是想问问,"他说,"你到书房里来一下成吗?史密斯小姐一定不会在意吧?"

那双大眼睛朝他抬了起来,可是罗斯玛丽代她回答了:"她当然不会在意。"他们俩就一道走

· 蜜月 ·

出了屋子。

"喏,"只剩他们俩时,菲利普开腔了,"对我说明一下,她是谁?这是怎么回事?"

罗斯玛丽笑吟吟地倚着门说:"我在库尔宗街上碰上她,就把她拉回来了。不骗你,真是这样。她向我讨一杯茶钱,我就把她带回来了。"

"可你究竟打算拿她怎么办?"菲利普嚷道。

"好好待她呗,"罗斯玛丽急速地说,"待她好得不得了,照看她。我还不知道该怎么办呢,我们还没谈哪。不过对她表示些……款待她……使她觉得……"

"我的乖妞儿,"菲利普说,"你要知道,你简直发疯啦。这么办根本行不通。"

"我就知道你要这么说,"罗斯玛丽回嘴道,"干吗行不通?我乐意,这不就是个理由吗?再说,书里常有这种事儿。我打定主意……"

"可是,"菲利普慢吞吞地说,同时掐开了雪茄的一端,"她俊得出奇。"

"俊?"罗斯玛丽吃惊得飞红了脸,"你这么看吗?这——我倒没去想。"

"老天!"菲利普划着了火柴,"她可爱极了。

再去好好瞧瞧,小姐儿。刚才我一进你的房间,简直大吃一惊。不过……我看你是大错特错了。宝贝儿,要是我过于粗鲁或是什么的,请原谅。可是你得告诉我史密斯小姐是不是打算按时和咱们共进晚餐,我还要先翻翻《衣饰报》哪。"

"你这蠢材!"罗斯玛丽说罢踱出书房,却并没回卧室。她走进写字间,在书桌前坐下来。俊!可爱极了!大吃一惊!她的心像擂鼓一般怦怦直跳。俊!可爱!她把支票簿扯过来。可是,不,支票当然用不上。她拉开抽屉,拿出五张一镑钞票,看了看,又塞回两张,攥着剩下的三张,走回卧室。

半个钟头后,罗斯玛丽进了书房,菲利普还在那里。

"我只是来告诉你,"她说道,重新倚着门,用她那动人的、妩媚的眼神盯着他,"史密斯小姐今晚不和咱们一道用餐了。"

菲利普放下报纸。"噢,怎么啦?预先有约会吗?"

罗斯玛丽走过来坐在他膝上。"她非要走不可,"她说,"所以我就送给那小可怜儿一点钱。我总不能硬把她留下来呀,对吗?"她轻轻加上一句。

罗斯玛丽刚刚梳过头发,描了眼圈,还戴上了珍珠。她抬起手来抚摸菲利普的面颊。

"你喜欢我吗?"她说,声调甜馨而嗄哑,叫他心痒痒的。

"喜欢极了,"他说,把她抱紧些,"吻我。"

过了半晌。

然后罗斯玛丽梦幻般地说:"我今天看见了一只可爱的小匣子,值二十八基尼呢。可以买吗?"

菲利普在膝上颠着她。"可以,你这小浪费精。"

这却还不是罗斯玛丽真要说的。

"菲利普,"她低声说,把他的头拢在怀里,"我俊吗?"

(1922)

## 蜜　月

当他们从花边铺走出来时,他们自家的车夫和那辆他们叫作自家的出租马车,正在一棵法国梧桐树下面等着他们。运气多好！运气不是挺好吗？范妮紧紧挽着丈夫的胳膊。自从他们来到国外,似乎总遇上这类事情。他不也这么想吗？然而乔治只是站在人行道边缘上,举起手杖,大声喊着:"喂！"乔治喊出租马车的那个样子有时使范妮感到有点不自在,但是车夫们好像倒不在乎,所以想必没什么关系。他们长得胖墩墩的,性格温厚,满面笑容,把正看着的小报往什么地方一塞,用鞭子将马背上的棉套挑开,准备听候吩咐。

"喂,"乔治边扶范妮上车,边说,"咱们到龙

· 蜜 月 ·

虾繁殖的地方去喝茶吧,你想去吗?"

"非常想去。"范妮热切地说。她往后靠了靠,惊奇着无论乔治讲什么,总是那么娓娓动听。

"好——的,好。①"他挨着她坐下。"走吧。"②他快活地嚷道,于是他们出发了。

他们出发了,轻快地疾驰而去,钻过成排的法国梧桐遮成的金色和绿色的树荫底下,穿过散发着柠檬和鲜咖啡气味的小巷,经过有喷泉的广场——那里,提着水罐的妇女们正中断谈话目送着他们;从街角的咖啡馆前拐过去,那里有粉白相间的遮阳伞、绿色的桌子和蓝色的苏打水瓶。于是他们来到海滩上,和煦的微风从无边无际的海面上吹来。当他们眺望着灿烂的海水时,风吹拂着乔治,也似乎总在范妮周围转。乔治说:"真惬意,对吧?"范妮露出梦幻般的神情,又把他们出国以来每天至少说二十遍的话重复了一遍:"想想看,多么奇妙啊。咱们在这里完全不受干扰,离开了所有的人,谁也不会吩咐咱们回家去,或指使咱们——团团转。咱们可以自由自在。"

---

①② 原文为法语。

对于她的"奇妙",乔治早就不再说什么了,仅仅照例吻她一下。但是现在他攥住她的手,把它塞到自己的衣兜里,并且说:"我小时候,兜里老放着一只小白鼠。"

"是吗?"范妮说,对于乔治做过的每一桩事,她都深深地感兴趣,"你非常喜欢小白鼠来着吗?"

"相当喜欢。"乔治含含糊糊地回答说。他眺望着海滨浴场台阶后面冒出的什么。突然间,他几乎从座位上跳起来。"范妮!"他嚷道,"有个家伙在那儿洗澡哪。你看见了吗?我一点儿也没想到人家已经开始啦。这些日子我一直盼着能洗上澡。"乔治盯着那发红的脸、发红的胳膊,好像简直移不开视线了,"无论如何,"他喃喃地说,"明天早晨我就去洗,多少匹野马也拦不住我。"

范妮心里感到懊丧。多年来她就听说过地中海有多么可怕,那简直就是个死亡的陷阱。美丽而狡黠的地中海!它波涛滚滚地横在他们面前,光滑的白爪子触着岩石,又缩了回去……但是婚前老早就打定主意,决不做那种对丈夫喜欢干的事横加干涉的女人。所以她仅仅轻快地说了声:

"想必就得去急流里撞撞吧,对吗?"

"啊,我不知道,"乔治说,"人们老瞎说这有多么危险。"

可是现在他们正沿着岸上这边的高墙前行,墙上爬满了怒放的天芥菜花。范妮翘起小小的鼻子。"哦,乔治,"她吸了一口气,"好香!多好闻呀……"

"头等的别墅,"乔治说,"瞧,透过棕榈叶,你就可以看出。"

"太大了点吧?"范妮说。不知怎的,她对别墅的兴趣只限于她和乔治能不能住进去。

"喏,如果长期住在里面,就得雇一大帮人。"乔治回答道,"不然的话可吃不消。哎呀,这别墅真了不起。我倒想知道这是谁家的。"于是他捅了捅后面的马车夫。

那位慵懒而满脸笑容的马车夫并不知情。遇到这种情景,他总是回答说,那是一家西班牙阔人的产业。

"这海滩西班牙人真不少。"乔治说罢又向后倚了倚,紧接着是一片沉寂。他们拐了个弯,那座跟象牙一样白的大旅馆兼餐厅映入了眼帘。旅馆门前,濒海修了个小小凉台。栽着细弱的伞莎草,摆着一张张的桌子。范妮和乔治一走过去,跑堂的就从旅馆里和凉台上跑过来接待他们,欢迎他们,堵住他们的去路。

"在外面坐吗?"

哦,他们当然要在外面坐喽。那位圆滑的经理,活像一条身穿大礼服的鱼,一下子就溜到前面了。

"这边,先生。这边,先生。我有张特别雅致的小桌子,"他气喘吁吁地说,"刚好适合你们的一张小桌子,先生,在角落里。这边。"

于是,乔治的神色看上去厌烦得厉害,范妮跟在后面,竭力做出一副多年来惯于同陌生人打交道的表情。

"就这儿,先生。你们在这儿会感到很惬意。"经理油嘴滑舌地说。他从桌上把花瓶拿开,又放回来,就好像那是凭空出现的一小束鲜花。但是乔治不肯立即坐下来。他看透了这帮家伙,才不会受他们摆布呢。这些家伙总是拼命巴结你。于是,他把双手揣在兜里,极其安详地对范妮说:"这里你看可以吗?有没有你更喜欢的地方?

那边怎么样?"他随即朝那边另一张桌子点了点头。

当个见过世面的男人真有气派!范妮深深地佩服他,但是她只想坐下来,做出一副和其他任何人一样的神情。

"我——我喜欢这张。"她说。

"好吧,"乔治赶忙说,他几乎是抢在范妮头里落座的,并快嘴快舌地说,"两份茶和巧克力蛋糕①。"

"好极啦,先生,"经理说,他吧嗒着嘴,仿佛准备再扎一次猛子,"先来点烤面包片怎么样?我们这里的烤面包片可香啦。"

"不。"乔治简短地回答说,"你不想要烤面包片吧?想吗,范妮?"

"啊,不,谢谢你,乔治。"范妮说,她巴不得经理走开。

"茶还没来的时候,太太也许愿意看看水槽里的活龙虾吧?"接着他做了个怪相,嘻嘻地傻笑着,把餐巾当作鱼鳍那样地拍动。

---

① 原文为法语。

乔治脸绷得更厉害了,他又说了声"不"。范妮朝桌子屈下身来,解开手套的纽扣。她抬头一看,那个人已经走了。乔治摘下帽子,轻轻地丢在椅子上,把头发朝后捋了捋。

"谢谢上帝,"他说,"那小子走啦。这些外国家伙使我厌烦透啦。摆脱他们的唯一办法就是干脆闭口不言,正如你看见我刚才做的那样。谢天谢地!"乔治又极其激动地叹了口气。要不是整个情景那么可笑,范妮会以为他跟自己一样害怕那位经理。事实上,她对乔治猛地感到一股恩爱。他把两只手摆在桌上,她多么熟悉那双褐色的大手啊。她很想拿起一只,紧紧地攥住。然而,使她吃惊的是,乔治倒先这么做了。他从桌子对面倚过来,将自己的手放在她的手上。"范妮,亲爱的范妮!"说时,他可并没有望着她。

"啊,乔治!"就在这美好时刻,范妮听到一阵丁零零声,闪出了一道灯光。她想,要奏音乐了,但是此时此刻,有没有音乐都无所谓。除了爱,什么都无所谓。她淡淡地微笑着,凝眸望着那张泛着一丝笑意的脸。她感到那样幸福,恨不得对乔治说:"咱们就待在这儿——就在这儿——在这

### 蜜 月

张小桌子这儿吧。真是个理想的地方,海也是理想的。咱们待下去吧。"但她的眼神却反而变得严峻了。

"亲爱的,"范妮说,"我要问你一件非常重要的事。保证一定回答我,保证。"

"我保证。"乔治说。他太庄重了,没有她那样认真。

"是这么一件事。"范妮沉吟了一下,眼皮朝下,又抬起来望着他,"你认为,"她柔和地说,"现在你真正了解我了吗?我是说真正、真正地了解我吗?"

乔治真有些受不住了。了解他的范妮?他脸上堆满了稚气的笑。"我当然相信了解你,"他加重语气说,"怎么,这是怎么回事?"

范妮觉得他并没完全理解自己,就快嘴快舌地说下去:"我是这个意思。常常有这样一种情况,人们即使相互爱着,可好像彼此——怎么说好呢——彼此了解得并不很透彻。他们相互似乎也并不想了解。我觉得这是可怕的。在最重要的事情上,他们彼此会产生误会。"范妮看上去像是很害怕,"乔治,咱们不会这样,会吗?咱们永远不会。"

"怎么可能呢!"乔治笑道。他正想告诉她,多么爱她那小小的鼻子,这当儿跑堂的送茶来了,乐队也开始奏起乐来。那是由一支笛子、一把吉他和一把小提琴组成的,奏的曲调快活极了,范妮感到倘若她不留神,连杯碟都会长起小翅膀飞走哩。乔治吃了三块巧克力蛋糕①,范妮吃了两块。茶有股怪味道——"开水壶里有只龙虾。"乔治的声音压倒了音乐——但依然挺好喝。托盘给推开,乔治正吸烟时,范妮鼓起勇气去打量旁的人们。然而最吸引她的是聚在一棵黑魆魆的树下的乐队。弹吉他的胖子活像是画中人。黑头发、浅黑皮肤的笛手一个劲儿地扬起眉毛,恰似被自己吹出来的声音吓住了。拉小提琴的待在阴影里。

就像开始的时候那样,音乐戛然止住了。她这才发觉乐师们旁边站着一位高个儿白发老翁。好奇怪呀,早些时候她竟没有注意到他。他那光滑的领子挺高,大衣镶着绿边,长筒靴的纽扣寒酸得见不得人。难道他是另一位经理吗?他不大像

---

① 原文为法语。

是个经理,却隔着一张张桌子站在那儿注视着,仿佛在思索什么遥远而迥然不同于这一切的事情。他能是什么人呢?

范妮正盯着他,这人随即用手摸了摸硬领边,轻轻咳嗽一声,半转向乐队。乐队又演奏起来了。喧闹、狂野、火热而充满激情的曲调,在空中荡漾,又落在那个文静人物身边。他双手交叉着唱开了,脸上依然是那副迷茫的神情。

"天哪!"乔治说。所有的人都好像同样吃了一惊,连那些正吃冰激凌的娃娃们也把调羹举到空中,眼睛瞪得大大的……唱的是西班牙曲子,只能听到微弱、细小的嗓音,让人觉得当年必是一副好歌喉。歌声颤巍巍的,打着拍子,升到高音阶,又降下来,像是在恳请、央求、乞讨什么。随后,曲调又变了,仿佛在屈从,在俯首,而且自知已被摈斥。

快要唱完时,一个娃娃尖声笑起来了。可是除了范妮和乔治,每一个人都在报以微笑。范妮思忖道:难道人生也是这样的吗? 天下有这样的人,有苦难。她眺望着那美丽的大海。它似乎热爱陆地,不断拍打着它。她又望望天空,一片明亮。这是黄昏到来之前的那种明亮。她和乔治有权利如此快乐吗？刚才是不是太残忍啦？生活中准是有另外一些东西，才有可能变成这种样子。那又是什么呢？她转向乔治。

但是乔治的感觉却不同于范妮。那个可怜巴巴的老家伙的嗓音固然有些滑稽，可是天哪，它却使人领悟到，对他们——他和范妮——这样的人来说，什么都刚刚开始，这多么了不起呀。乔治也在定睛望着那明亮的、栩栩如生的水。他张开嘴，好像可以把它喝下去似的。多好呀！再也没有比大海更使人感到心旷神怡的了。而范妮，他的范妮，就坐在那儿，向前探着身子，轻轻地呼吸着。

"范妮！"乔治喊她道。

当她朝乔治转过身来的时候，脸上漾出那么一副温柔、惊异的神色，使乔治恨不得跳到桌子对面，把她抱走。

"喂，"乔治快嘴快舌地说，"咱们走吧，好吗？回旅馆去。来，来吧，范妮乖乖。咱们现在就走吧。"

乐队又奏起来了。"啊，老天爷！"乔治几乎号叫起来，"趁着那个老怪物还没有再呱呱地叫，咱们走吧。"

过一会儿,他们就走掉了。

(1922)

# 凯瑟琳·曼斯菲尔德生平简历

一八八八年　　十月十四日凯瑟琳·曼斯菲尔德（Katherine Mansfield）生于新西兰惠林顿，本名卡瑟琳·博昌。

一九〇三年　　离家来到英国伦敦，进入皇后学院就学，研习法语、德语和音乐，在那里爱上了文学，并开始写作，写一些短篇的散文和诗。

一九〇八年　　七月说服父亲同意她前往英国生活，从此走上文学道路。

一九一一年　　出版《在德国公寓里》，这本系列速写般的作品里寄托了她幻想破灭的无奈心境。

一九一二年　　认识评论家兼编辑穆雷，二人志趣相投，生活在一起。穆雷是凯瑟琳·曼斯菲尔德生活和文学创作上的良伴。

一九二〇年　　小说《幸福集》出版,给凯瑟琳·曼斯菲尔德带来了极大的声望。

一九二二年　　又一部小说集《园会集》出版,进一步稳固了凯瑟琳·曼斯菲尔德在英国文坛的地位。

一九二三年　　苏联官方表示出对凯瑟琳·曼斯菲尔德的兴趣,苏联国家出版社出版发行了她的两部小说集的俄文本。

一九二三年　　一月九日常年罹患肺结核的凯瑟琳·曼斯菲尔德在巴黎逝世,年仅三十四岁。

# 主要作品表

《在德国公寓里》

《园会集》

《鸽巢集》

《幸福集》

《蒙达那的故事》

《诗集》

《稚气集》

《凯瑟琳·曼斯菲尔德日记》

《芦荟》

《小说与小说家》

## 《蜂鸟文丛》

**第一辑**（按作者生年排序）

| | |
|---|---|
| **苹果树** | 〔英〕约翰·高尔斯华绥 |
| **一个陌生女人的来信** | 〔奥地利〕斯蒂芬·茨威格 |
| **奥兰多** | 〔英〕弗吉尼亚·吴尔夫 |
| **熊** | 〔美〕威廉·福克纳 |
| **乞力马扎罗山上的雪** | 〔美〕欧内斯特·海明威 |
| **文字生涯** | 〔法〕让-保尔·萨特 |
| **局外人** | 〔法〕阿尔贝·加缪 |
| **我的包着红头巾的小白杨** | 〔吉尔吉斯斯坦〕钦吉斯·艾特玛托夫 |
| **饲养** | 〔日〕大江健三郎 |
| **夜半撞车** | 〔法〕帕特里克·莫迪亚诺 |

**第二辑**（按作者生年排序）

| | |
|---|---|
| **野兽的烙印** | 〔英〕约瑟夫·鲁德亚德·吉卜林 |
| **地粮** | 〔法〕安德烈·纪德 |
| **米佳的爱情** | 〔俄〕伊万·布宁 |
| **都柏林人** | 〔爱尔兰〕詹姆斯·乔伊斯 |
| **乡村医生** | 〔奥地利〕弗兰茨·卡夫卡 |
| **蜜月** | 〔英〕凯瑟琳·曼斯菲尔德 |
| **印象与风景** | 〔西班牙〕费德里科·加西亚·洛尔迦 |
| **被束缚的人** | 〔奥地利〕伊尔泽·艾兴格尔 |
| **孩子,你别哭** | 〔肯尼亚〕恩古吉·瓦·提安哥 |
| **他和他的人** | 〔南非〕J.M. 库切 |